# 再见石炭井

惠 冰 著

黄河出版传媒集团
阳光出版社

**图书在版编目（CIP）数据**

再见石炭井 / 惠冰著. -- 银川 : 阳光出版社,
2025. 4. -- ISBN 978-7-5525-7798-3

Ⅰ. I25

中国国家版本馆CIP数据核字第2025P5Y766号

再见石炭井

惠　冰　著

责任编辑　赵维娟　徐文佳
封面设计　赫　欢
责任印制　岳建宁

出版发行　阳光出版社
地　　址　宁夏银川市北京东路139号出版大厦（750001）
网　　址　http://ssp.yrpubm.com
网上书店　http://shop129132959.taobao.com
电子信箱　yangguangchubanshe@163.com
邮购电话　0951-5047283
经　　销　全国新华书店
印刷装订　宁夏凤鸣彩印广告有限公司
印刷委托书号　（宁）2500304

开　　本　710 mm×1000 mm　1/16
印　　张　23.5
字　　数　183千字
版　　次　2025年4月第1版
印　　次　2025年4月第1次印刷
书　　号　ISBN 978-7-5525-7798-3
定　　价　198.00元

# 目 录

**第一辑　山止川行**

003/　沉默千年的群山

009/　热血写就的青史

019/　石炭井是怎样炼成的

031/　挣死牛也不翻车的矿务局

040/　不该被忘却的人与事

049/　戍边往事

055/　如昙花一现的石炭井区政府

**第二辑　枝叶扶疏**

065/　一座城的诞生

077/　石炭井旧日时光之如烟琐事

087/　石炭井旧日时光之冷三的罗曼史

097/　石炭井旧日时光之梵·高、阿波罗和苏一刀

109/　石炭井旧日时光之玻璃滩卷毛

115/　石炭井旧日时光之玻璃滩张老师

125/　石炭井旧日时光之人在江湖

133/　石炭井旧日时光之怀念东海

138/　石炭井拍摄日记之 2003 年国庆 7 天假

157/　终将远去的背影

**第三辑　鸿影雪痕**

167/　石炭井旧日影像

364/　后记

**很多时候，再见，就是永别。**

1992 年，我被分配到石炭井工作。

走进单身宿舍那一刻，强劲的阳光正穿过门窗，在水泥地上勾勒出斜方的轮廓，明暗分明。后墙挂着一块小黑板，上有粉笔写的四句诗：

众鸟高飞尽，
孤云独去闲；
相看两不厌，
只有贺兰山。

黑底白字，龙飞凤舞，森森然的感觉。

今天想来，这就像个偈语，刚过 20 年，石炭井就撤销了市辖区的建制，降为街道办事处。随后，人口快速流失，房舍几乎被拆除一空，一个容纳了十几万人的城市似乎一夜之间就消失了，石炭井果然是相看两不厌，只有贺兰山了。

据说因拆除太快，有关方面也感到可惜，遂叫停，剩余建筑作为工业遗迹得以保留。那些幸存的楼房如同惊吓过度的小孩，脸色发白地杵在路边，等待着命运的裁处。

石炭井，对大多数人来说，就是一个地名，一个既引不起人重视，也让人生不出向往的地方。仅从名字看，有点信手拈来的感觉，细一琢磨，又开门见山、直达其意。

石炭，煤的古称，应该是为了区别于木炭，特意加的"石"字。

煤，原意是烟熏而形成的黑灰，隋唐时期，逐渐演变成煤炭的意思。明代以后，"煤炭"一词才取代石炭成为通用词，广泛使用。

"石炭"一词传到日本，至今沿用，在中国一些地方，也还有零星使用。

井，直意为深坑。石炭井，就是有煤的深坑，可引申为煤炭汇聚之地。很像小户人家生的娃子，狗蛋、拴柱、石头、二丫之类的先这么叫着，等到上户籍或入学的时候，再郑重起个能扬名立万、光宗耀祖的大号，相比长安、金陵、洛阳、重庆这些承载着厚重历史、登堂入阁式的地名，石炭井就像一个临时先叫着等哪天有空了再考虑修改的小名，后来索性就是它，懒得再改了。

就是这么一个普通的地方，却让它曾经的子民心心念念，提起它，仿佛扯出了一段暗藏许久的秘情。

新中国成立，百废待兴，国家大力推进工业化进程，成千上万冒着新中国热气的优秀青年，其中不乏1949年以前参加革命，扛过枪，过过江，打过仗，受过伤，从战争年代过来、有着赫赫战功的转业军人，他们操着不同的口音，为了一个共同的目标，从五湖四海汇聚到贺兰山下，让石炭井这个昔日荒蛮寂寥的山沟一时喧嚣起来。石炭井矿务局、解放军戍边部队、石炭井区政府以及大量的工商服务行业，共同造就了一个崭新的石炭井，一个默默无闻的山沟逐渐演变成了一座人口密集、经济繁盛的城市，留下许多堪称风云激荡的往事。

那些满怀革命理想主义的开拓者，将自己的一生交付给了石炭井，他们有些来过，又走了，但绝大部分人在这里老去、死亡，静静地长眠于这片为之挥洒过汗水的土地下面。他们的子孙后代又在这里出生、成长，石炭井就成了他们名副其实的故乡。但是，谁也挡不住，这个曾经举袂为云、挥汗成雨，也曾八街九陌、灯红酒绿的地方，转眼就繁华落尽、沧海桑田了，那些熟悉的街巷、邻舍，鼎沸的人声、飘荡的炊烟、温暖的小院以及隔壁班的女孩，都如同一声叹息消散不见了，这个吞噬了两三代人的锦绣年华，让他们经历了痛苦、也品尝了欢乐的地方，仿佛没有存在过一样。

石炭井矿务局作为新中国最早的中央直属企业，虽然归口地方管理，但高峰期年生产量近800万吨，曾位列全国500家最大工业企业第213位，是仅次于陕西铜川的全国第二大露天煤矿。因煤矿的开发建设而带动的城市建设和社会发展，让石炭井人口峰值时达到十几万人，其生产总值一度领跑宁夏其他县区。随着时代发展和生产结构的变化，在经历了短暂的辉煌后，石炭井又在市场经济的浪潮中，被迅疾地卷向历史的深处，空留下一片残垣断壁，在无声地诉说着过往。

其实，剧本早已写好，只是当结局来临，大多数人会生出本能的应激反应，明知命运难以抗拒，但内心仍会生出挣扎，大大世界里的那个小小的我，像一只迷途的羔羊，固执地想停留在过去的年代，不愿意走出来。这种执拗，也许正是他们的乡愁，石炭井，却成了再也回不去的地方。

人们通常用幸福与否来简单定义生命的价值，多少人却长久地困囿于愤懑的牢笼无法解脱，那些穷其一生求而不得的幸福，却往往会在某个独坐自家小院、点燃一根香烟的时刻突然降临，让心魔消失，灵魂获得安宁。

石炭井的故事日渐远了，了解它的人也越来越少。几代人之后，恐怕会只剩下一个静默的词条，以备检索。

重提石炭井，是致敬，是对前辈、对历史的致敬；也是怀念，怀念我们同样消磨在石炭井的青春。

一代人终将老去，但总有人年轻。

后人路过这里，看见工矿遗迹，一定会生出许多好奇与想象。毕竟那些陈年旧事，距离他们太远，也没有多余精力去关注，但他们一定知道，石炭井曾经有过金子般的岁月。

第一辑

# 山止川行

# 沉默千年的群山

贺兰山南北长220余公里，东西宽20～40公里，山势雄伟，状若奔腾的群马，横亘在宁夏与内蒙古的交界处，是宁夏和内蒙古的界山。

按地质学的说法，中国的大陆架上，经过了古生代的二叠纪和侏罗纪近3亿年的漫长演变，在东起太行山、西至贺兰山之间的广阔地域，形成了一个煤炭带，贺兰山就处于这个煤炭带的最西端，独领风骚。当沉默了千万年的荒山野岭，被大规模的煤炭开采惊扰了清梦，而在这场关于煤炭的饕餮盛宴中，石炭井作为这个煤炭带最亮眼的代表，达到了"人生的巅峰"。

煤，被称为"工业的粮食"，因其巨大的经济价值，又被誉为"乌金"。明代于谦即有咏物诗《咏煤炭》：

凿开混沌得乌金，
蓄藏阳和意最深。
爝火燃回春浩浩，
洪炉照破夜沉沉。

鼎彝元赖生成力，
铁石犹存死后心。

但愿苍生俱饱暖，

不辞辛苦出山林。


中国可以说是世界上最早使用煤炭的国家，《山海经》中就有记载："昆仑山多苍玉，其中黄垩多涅石。"涅石，就是今天所说的煤炭。

沈阳新乐遗址考古出土的精煤制品和煤块，距今 7200 多年，而古希腊、古罗马使用煤炭的历史，有记载的才是 2000 多年前，比中国晚了不止 5000 年。

山西发掘的西周墓中，也出土了很多煤雕制品。

汉、魏晋南北朝时期，出现了石炭和石墨的叫法，也出现了煤井。

东晋时期，释道安在其《西域记》里记载了煤炭自燃的情况："屈茨北二百里有山，夜则大光，昼日但烟，人取此山石炭，冶此山铁"。

到了隋唐，冶金、陶瓷，均用煤做燃料，开始提炼焦煤。《隋书·王劭传》中有明确的关于用煤炭烘烤的记载："今温酒及炙肉用石炭"。

宋代典籍中有"汴都数百万家，尽仰石炭，无一家燃薪者"的记载。

元代，来自威尼斯的马可·波罗游历中国，在前往元大都、穿越西夏旧地的时候，发现有一种能燃烧的黑色石块，火力比木炭更加旺盛持久，能从夜燃烧到天明，并记入他的游记。这里的西夏旧地，大约就是贺兰山地区。

明代宋应星的《天工开物》中载："凡煤炭，普天皆生，以供锻炼金石之用"。

秦代以前，贺兰山北段一直是北方少数民族的游牧之地。秦统一中原后，设北地郡，贺兰山作为边塞屏障，被纳入版图。

汉代，该区域除沿袭秦时的北地郡外，又增设了廉县。

三国、两晋、五胡十六国时，贺兰山次第成为匈奴、鲜卑等少数民族的游牧之地，鲜有固定居住者。

从北魏开始，西魏、北周、隋、唐及五代时期、贺兰山北段这片区域，都属于宁夏北部的州县管辖。石炭井地区一直处于边缘化地带。

北宋朱弁《曲洧旧闻》记载："石炭用于世久矣，然西北处处有之"的记载。可见宋代时，中国的西北地区用煤做燃料已不鲜见。

明代，石炭井叫"上迭里口"。"上迭里口"是蒙语，也是石炭、煤炭的意思，该地名应该源自元代，明朝沿用。明代文献中，有万历年间有人在"上迭里口"采掘煤炭的记载。

《平罗纪略》中也有"石炭出北石嘴山"的记载。

到了清初，"上迭里口"这个本就流传不广的名字被弃用，取而代之的是汉语习惯的"石炭沟"。石炭井地区的小煤窑也逐渐迭代升级，并且有人开始长期居住。至少在雍正年以前，贺兰山的煤炭被用于炼铁和烧瓷。

《石嘴山土祠神记》记载：雍正四年（1726年），兵部侍郎通智奉命在平罗兴修惠农、昌润二渠及修筑新渠、宝丰二县城时，曾在贺兰山"取炭不下十万车，更取干泥，烧造瓷窑"。

一旦出现常住人口以及民众频繁私采煤炭的情况，官府一般是不会袖手旁观的。果然，乾隆五年（1740年），甘肃巡抚元展成上奏朝廷："宁夏府属灵州及中卫、平罗两县……俱有煤洞，历听庶民自取，以资日用。"

收到奏折的乾隆皇帝可能觉得事情无关江山社稷，遂听之任之，不予理会。

清代平罗知县徐保字咏石嘴山的诗作中有："煤洞云开野火红"之句，形象地描述了小煤窑开采和煤炭自燃的状况。

民国时期,俄国学者俄布洛切夫和中国学者黄邵显、翁文灏、边兆祥、任绩、胡增壁、李士林等人对包括石嘴山、正义关、清水沟、大磴沟、石炭井、汝箕沟在内的贺兰山地区进行了考察，对上述地区的地质、煤层以及小煤窑的开采情况作了详细的论述和考察报告。

至中华人民共和国成立前夕，石嘴山和石炭井地区先后有过近百个煤窑，但规模都不大，产量也不多。

据《西北之地文与人文》一书记载，1931年，宁夏全部产煤不过5000吨。小煤窑因开采方法原始，工具简陋，事故频出，加之道路不通，运输成本极高，因此，都不成规模。

1941年，旧宁夏省建设厅厅长李瀚园考察时，觉得石炭沟这名字太潦草，斯文不足。随从见厅长大人兴致正好，便撺掇他给改个名。李厅长趁着兴致，思忖一阵，开口曰："井，虽本意为深坑，但也有井邑、聚集地的意思，所谓市井者也，不如就叫石炭井吧。"

在一阵喝彩声中，石炭井迎来了自己的新名字。

以上情节纯属虚构，但彼时的石炭井，当是云霄万里。

马鸿逵执掌宁夏时期，曾在汝箕沟修建炼铁厂，为解决燃料问题，以其私人账房"敦厚堂"的名义，成立了"德昌煤矿公司"，租用私人开掘的小煤窑，进行煤炭开采。

据《十年来宁夏省政述要》记载：石炭井开采煤窑一处，每年采煤时间为8个月，年产煤炭400吨。

这个数据显然并不精准，但从区区年400吨的产量来看，石炭井煤炭开采、运输的难度和成本可想而知。归根结底，还是生产力不足。

《宁夏资源志》记载："汝箕沟煤田面积甚大，纵横约10公里。汝箕沟为煤田之总称，总储量约为12亿吨，开采煤窑21个，年产量1.7万吨。"

1947年，天津《益世报》记者秦晋来到宁夏，经走访采写，完成《宁夏到何处去》一书，书中对宁夏的煤炭储量做了重点介绍，有如下描述："一旦从事开发，非仅宁夏未来出路光明，即对国家经济之贡献，实非可以思议……"

1948年，德昌煤矿公司租用了因经费不足而陷入停顿的汝箕沟大兴炭厂，成立了宁夏德昌第一煤矿，并新开辟采煤点10余处，工人发展到200余人，日产量2万余斤。次年，中国人民解放军进驻汝箕沟矿区，宣布军事管制，接手了该矿，并整顿煤矿秩序，稳定矿工情绪，组织继续生产。

1950年，阿拉善左旗政府派员到石炭井，接管了旧时代的煤窑"代开煤矿"。

关于石炭井别名"代开"（一作岱开）的来历，有几种说法。

据传，清代一个平罗知县，在今石炭井二矿北边私开了一个小煤窑。这位知县后来和左旗一王爷结为亲家，便将小煤窑陪嫁了过去。王爷在草原上威风凛凛，但对于煤窑却有点老虎吃天——无处下爪，便请知县代为开采经营，"代开煤窑"因此得名，久而久之，"代开"便成了这片区域的地名。

另一传说是民国时期，一牧民打井，却打出煤来，被一富人知晓，出钱买下牧民的院子，开起了小煤窑，起名"代开"，因生意红火，广为人知，慢慢就变成了地名。

还有一个说法，解放初期因宁夏、内蒙古地界未划定，国家开发的煤矿正好处于两区交界处，其权属无法确定，成立的煤矿建设机构不好以宁夏或内蒙古冠名，而煤矿建设的进度又不能停，索性取意"代行开采"，成立了"煤炭工业部代开煤田建井工程公司"，"代开"因此得名。无论"代开"之名是何种来源，它都是石炭井煤炭开发史上的一个见证。

自石炭井被发现有煤炭资源以来，有数千年的历史，千百年来，受山大沟深、道路不通和生产力低下等制约因素的影响，除少量的浅层私采外，石炭井基本保留了完整的地下储藏。这些宝贵的资源，似乎有定数一般，静静地等待着怒放的那一天。

正所谓："万紫千红安排着，只待新雷第一声。"

随着新时代大幕的拉开，石炭井就像一个即将登基的新王，初露峥嵘。

# 热血写就的青史

中华人民共和国成立之初，为缩短与世界发达国家间的距离，国家开始大力发展重工业，能源成为至关重要的"国之大者"，对石油、煤炭的勘探开发轰轰烈烈地展开。国家在西北布局，确定投建包头、酒泉钢铁公司以及数量不等的火力发电厂，为了就近解决用煤问题，把目光投向了贺兰山。煤炭工业部很快就摸清了宁夏北部地区黄河东西两岸和贺兰山山谷中储蕴着丰富的煤炭资源，决定开发建设。

自 1952 年开始，地质部西北地质局 622 队等勘探队深入石炭井矿区进行勘探，6 年间数次深入贺兰山，翻山越岭、风餐露宿，探明了包括石炭井、呼鲁斯太、汝箕沟一线在内的贺兰山北段有储量超过 10 亿吨、面积 600 多平方公里的煤田，形成并提交了数份勘探报告。该煤田有焦煤、瘦煤、肥煤、气煤、贫煤、无烟煤等多个煤炭品种，分布集中，适合规模开采。尤其是汝箕沟的"太西煤"，因"三低六高"的特点更是名扬海内外，被誉为世界"煤中之王"。

1956 年 1 月，西北煤矿管理局按照煤炭工业部"贺兰山北段、黄河两岸以石嘴山为中心，建立西北煤炭生产基地，责成西北煤炭管理局派得力人员开始筹建"的批示，当月在西安成立了石嘴山煤矿筹建处。

从 1952 年到 1957 年间，煤炭工业部完成了贺兰山煤田的各种勘探和普查报告，完成了地形图测绘，设计了煤田开发计划和方案。其中地质部西北地质局 146 队提交的《甘肃省贺兰山北段煤田及石炭井煤矿地质勘探报告》，详细分析记载了石炭井煤炭赋存及地质构造的情况，西北煤炭设计院依据该报告的数据，设计了石炭井煤田的开采方案。

"一五"期间，国家将贺兰山北部列为全国新开发的 10 个煤炭矿区之一，这是中华人民共和国在宁夏投建的第一个煤炭工业基地，被誉为"百里矿区"，石炭井是重要的组成部分。

其后，这个煤炭工业基地又被列为西北"大三线建设"的重点矿区。

石炭井就在这样壮阔的背景下走上历史舞台，由一个不毛之地，变成了祖国西部最重要的优质焦煤基地。大批优秀青年，告别家乡，前往石炭井，迈进了如火如荼的开发建设岁月。

1958 年，石炭井煤矿筹建处成立，煤炭工业部先后从江苏徐州、山西大同、陕西西安和铜川、甘肃兰州和山丹等地抽调包括矿建、地质勘探、土建、安装等业务技术骨干 498 人到达石炭井，和宁夏 1958 年大炼钢铁时留下的 1600 名农民组成最初的施工队伍，开始了石炭井煤矿的开发建设。

1959 年，石炭井煤矿建井公司成立，该公司后依次更名为"煤炭工业部代开煤田建井工程公司""煤炭工业部宁夏煤矿管理局石炭井建井公司"，统一领导石炭井矿区建设工作。石嘴山基本建设局抽调 1000 余人调往石炭井，同时又在全国招收了一批自愿参加西北建设的流动人员，参战石炭井。石炭井矿区 1 号井、2 号井开工建设。

1960 年可以称之为石炭井矿务局元年，是年，石炭井矿务局成立，下辖乌兰、石炭井、白芨沟三大矿区，年设计产量 500 万吨。矿务局 3 号、4 号、5 号斜井开工建设。大武口洗煤厂、石炭井矿区机修厂、八号泉水泥厂、石炭井区炸药库等相关联厂房和机构同期开工建设，石炭井矿区的开发建设步入了快车道，矿务局 40 年轰轰烈烈的创业史开始了。

为加强石炭井的开采力量，煤炭工业部从石嘴山、山丹、阿干镇、鹤岗煤矿调入职工 4000 余人到石炭井。济南某区 200 多名官兵转业到石炭井矿务局支援建设。矿务局又从宁夏和河北、河南、浙江、四川等地来宁的自留人员中招收3365人补充到矿工队伍中。

一时间，旌旗招展，人欢马嘶，石炭井这座昔日荒凉的小镇一下子火爆起来，呈现出一派热气腾腾的建设场面。

彼时，正值国家困难时期，矿务局为解决职工粮食和蔬菜供应不足问题，生产自救，成立了矿务局农场。

1961年，石炭井二矿移交生产。石炭井三矿成立。

1962年，石炭井一矿小斜井和三矿小露天矿建成投产。

1965年，在时任西北煤炭管理局党委书记高节坚持机关下迁、靠前指挥思想的主导下，西北煤炭管理局机关由西安搬迁到石炭井，行西北煤管局之责，统管新、甘、青、宁、内蒙古五省区的煤矿建设生产。此举极大地鼓舞了矿区一线的干部职工，有力地配合了国家关于开发贺兰山北部煤炭基地及加强"三线建设"的战略规划，对提高宁夏以及内蒙古乌海等地区煤炭基地建设的效率，发挥了重要作用。虽然该机关随着各项工作的进度和职能转变更名为贺兰山煤炭工业公司（简称贺兰山公司），迁往大武口，但其意义足够写入史册。

同年，为加快"三线建设"，国家集中了全国煤炭企业的力量，煤炭工业部分期分批成建制从鹤岗、双鸭山、抚顺、鸡西、山丹等地调入干部、技术人员、工人7500余人到石炭井。另经煤炭工业部协调，从全国各专业院校的大、中、专毕业生中，分配来300多名毕业生，充实到各矿、厂，加大了对石炭井人才支持的力度。此后，历年都有大中专院校毕业生被分配到石炭井参加工作。随着这些人员的到来，石炭井的人员结构有了重大改善。

1966年，石炭井一矿移交投产，煤炭工业部又从辽宁本溪和阜新矿务局成建制共调入约3000人接收一矿生产。沈阳某区240名官兵转业到石炭井，充实到局、矿、厂，加强领导技术力量，支援建设。同年，矿务局从宁夏、河南招收亦工亦农工人约2000人，充实到矿工一线。

同年，白芨沟斜井、李家沟矿（后改为四矿）开工建设。

1967年，煤炭工业部调京西第二施工队（快速掘进队）218人支援白芨沟矿井建设，随后，煤炭工业部第八十三工程处第一施工队（快速掘进队）支援白芨沟矿井建设，后撤回原单位。石炭井矿务局也进入了"抓革命、促生产"的历史时期。

1968年，石炭井三矿移交投产。中央直属企业大武口总机电修配厂移交石炭井矿务局，改为矿务局大武口总机厂。

1969年，矿务局与建筑材料厂、土建队合并，成立矿务局综合工程处。

1970年，大峰露天矿开工建设，石炭井矿务局将1号井改为第一煤矿，2号、3号井合并为第二煤矿，第4号、第5号井合并为第三煤矿，李家沟斜井为第四煤矿。至此，石炭井矿区大框架基本建成。

同年，石炭井矿务局由中央直属企业划归自治区管理。

1971年，石炭井矿务局改名为石嘴山第二矿务局，石嘴山矿务局改名为石嘴山第一矿务局。

1972年，石炭井白芨沟煤矿三个采区正式移交投产。

1973年，宁夏第一座生产优质无烟煤的大型露天煤矿石炭井矿务局大峰露天煤矿建成投产。

1975年，石炭井矿务局由石嘴山第二矿务局改回原名称。同年，乌兰煤矿生产主焦煤现代化大型矿井建成投产。

1976年，矿务局从职工子弟中招收工人400名，充实采掘一线。

1977年，在全国工业学大庆会议上，矿务局一矿、三矿被命名为"大庆式企业"。

1979年，矿务局在下乡知识青年和留城知识青年中招收1000名工人，充实井下采掘生产。

1981年，石炭井矿务局直属处、综合机械化办公室、农业指挥部撤销，成立石炭井矿务局农林处。

1982年，平罗洗煤厂更名为太西洗煤厂。

1983 年 3 月 10 日，自治区第一座无烟煤大型洗煤厂太西洗煤厂开工兴建，三年后建成投产。

1984 年，石炭井矿务局四矿关停报废。

1985 年，根据国务院文件，煤炭工业部提出"同意原煤炭工业部下放企业参加投入产出总承包"的意见。同年，下达了宁夏统配煤矿企业盈亏承包指标，这是石炭井矿务局全面企业化的开始。

同年，矿务局卫东矿更名为白芨沟煤矿。撤销第四煤矿原建制，成立石炭井矿务局集体企业公司李家沟分公司。矿务局建筑材料厂更名为贺兰山铁合金厂。

1986 年，石炭井矿务局矿山救护大队成立。李家沟分公司改为石炭井矿务局综合加工厂。太西洗煤厂划归石炭井矿务局管理，改名为矿务局太西洗煤厂。石炭井矿务局集体企业公司更名为多种经营处，石炭井矿务局集体企业公司机关分公司更名为石炭井矿务局农林处。石炭井矿务局设立煤炭加工利用处，公共设施公司组建通讯队，大峰矿羊齿采区开工建设。羊齿采区一度升格为羊齿矿（县处级），后又撤销"羊齿矿"建制，划归大峰矿管理。

1987 年，石炭井矿务局全面实行局（矿）长负责制。二矿副立井建成投产，这是矿务局第一口立井。是年，石炭井矿务局年产总量突破 600 万吨。

1988 年，矿务局自备电厂筹备处、矿务局多种经营总公司、矿务局选煤处成立。

1989 年，石炭井局矸石电厂动工建设，四年后建成运营。石炭井矿务局作为全国 500 家最大工业企业之一，排名第 299 位。

1990 年，石炭井矿务局机关下迁大武口区。同年，矿务局安置待业青年 2400 多名。

1992 年，矿务局实行基层干部制度改革，首次在采掘队实行工长制。

1993 年，矿务局扭亏为盈，集体经济全年产值近 1.7 亿元，创利税 2000 余万元，全年盈利 4600 余万元。是年，石炭井矿务局被评为"全国绿化先进单位"。

1996 年，红梁采区建设正式开工，两年后竣工投产。

1997 年，局医疗卫生管理委员会办公室和宁夏煤炭职工医院合并，组建石炭井矿务局总医院，对外保留宁夏煤炭职工医院名称。原矿厂管理的中小学全部划归教育处统一管理。

1998年，矿务局接收隆湖水泥厂，后改名为太西水泥厂。矿务局将一矿宁夏太华活性炭厂、太西洗煤厂活性炭厂、农林处石昌活性炭厂合并，组建石炭井矿务局活性炭厂，对外称宁夏太华活性炭厂。

1999—2000年，自治区领导和自治区相关厅局，到石炭井矿务局进行调研，了解国有企业改革发展的困难及应对等情况，并走访了困难群众。

2000年6月28日，石炭井矿务局改制为太西集团有限责任公司。

同年，石炭井三矿矿井破产关停，随三矿一起破产的有：总机修厂、工程处、矸石砖厂、八号泉水泥厂、综合加工厂、碳化硅厂、贺兰山工业硅厂。随三矿破产移交地方的单位有：石炭井第三小学、第六小学，石嘴山市民族实验中学（由原石炭井矿务局第一中学、第二中学合并而成）。

2001年9月，宁夏红梁煤业有限责任公司成立，这是三矿破产后按照现代化企业制度，由太西集团有限公司和红梁内部职工共同出资成立的具有法人资格的公司。宁夏太西集团公司建筑安装工程有限责任公司成立，该公司是随三矿破产的工程处经过改制重组而成。宁夏恒运达综合实业有限责任公司是由综合加工厂、地质勘探大队和工贸公司三个单位随三矿破产后，经资产重组、产权改制后成立的。宁夏大武口机械有限责任公司，是由随三矿破产的总机修厂改制重组成立的。

2002年12月28日，由太西集团、宁夏亘元集团、灵州集团、宁煤集团联合组建的宁夏煤业集团有限责任公司在宁夏人民会堂成立。

改制后的太西煤业集团仅仅独立存在了两年，原太西集团总部机关迁往银川，矿区部分工人分流到宁东地区，部分工人留在破产重组公司开始新的工作，部分人员留在原矿区收尾。矿区职工家属大部分迁往大武口，有的迁往银川等地，有的辗转回了原籍。

2006年1月，自治区以宁夏煤业集团全部资产与神华集团合资合作组建了神华宁夏煤业集团有限责任公司,简称神华宁煤集团。

一个时代落幕了,石炭井矿务局永远退出了历史舞台,这个有着40年光荣历史、拥有约14万职工和家属的全国煤炭行业一类国有企业,在市场化的大潮中退出了历史舞台,其沿用了40年的名称也成为过去式。

20世纪八九十年代,石炭井矿务局达到顶峰。矿务局机关由石炭井下迁大武口后,经过短暂的辉煌,然后就进入困难时期,直至改制。

20世纪90年代后期,正赶上亚洲金融危机,电煤市场持续疲软,煤炭价格下跌,矿务局煤炭销量锐减,加之外欠货款不断攀升,仅1998、1999两年,用户拖欠矿务局货款就近9亿元,全局只好勒紧裤腰带渡过难关。

随着煤炭市场价格放开和国家对统配煤矿补贴的取消,特别是石炭井四矿、三矿等单位相继实行政策破产,矿上工人几个月开不了工资的情况时有发生。时代发展带来的产业结构和煤炭市场行情的变化,加上企业逐年增长的沉重负担,使得矿务局显现出疲态,步履日渐蹒跚。

当时,煤炭工业部曾经制定过"三不政策",即没有计划不发煤、不还陈欠不发煤、不见货款不发煤。石炭井矿务局却没有执行这些政策的底气,内蒙古、甘肃、青海、河南四省区为了保护本省煤炭企业的效益,作出了限制宁夏煤炭入境的决定,矿务局为了保住原有客户,被迫实行了新的"三不政策",即不给钱也发煤,不还账也发煤,不要煤也发煤。

石炭井矿务局的困境,令相关部委和机构感到担忧,纷纷伸出援手。国家冶金总局曾到访矿务局,为煤炭企业和各钢铁公司牵线搭桥,帮助矿务局解决煤炭销路的问题。兰州铁路局也来到矿务局座谈,表示铁路运输将保大放小,保证煤炭的运输畅通。但这些援手不足以解决企业面对的根本困难,反而随着时间的推移,愈加举步维艰。

此外,企业"办社会"也给矿务局带来巨大的财政压力,让矿务局背负着沉重的负担。虽然后来矿务局积极瘦身,随着国家相关政策的出台,陆续将教育、卫生、社区等一些机构移交给政府,但也改变不了大势的走向。

时势迫人，终于，石炭井矿务局在风雨飘摇之中走上了改制之路。

截至改制前，石炭井矿务局拥有：

7个煤矿，其中一矿、二矿、三矿、四矿和乌兰矿共五个矿出产焦煤，白芨沟矿、大峰露天矿出产无烟煤，各矿均达到设计生产能力年产量，最高全局年产量近800万吨。

3个工厂，大武口洗煤厂、太西洗煤厂、总机修厂。

近30所中小学校、技工学校和专科学校。

2家三甲医院，分别是位于石炭井的职工医院和位于大武口的煤炭总院。

辅助单位若干，如综合工程处、碳素厂、铁合金厂、发电厂、农副业基地等。

所辖机关：办公室、组织部、劳资处、财务处、科研所、动力处、运销处、计划处、生产处、安监处、基建处、信访处、保卫处、教育处、调度室、勘探大队、铁路维修队、汽车队、水电队、报社、电视台、招待所等20多个部门。

共计职工总数达3.6万人，家属队伍10余万人，是宁夏最大的国有企业。

据测算，当时在国内建设一个千万吨矿区，需要投资20亿元，石炭井矿区只投资了5亿元，这在世界上都是罕见的。

在国家工业化道路刚刚起步的时候，作为西北煤炭基地的重要组成部分，石炭井矿务局从零开始，在物质极为匮乏、生产力非常低下的状况下，没有辜负国家的投入与期望，经过艰苦卓绝的努力，创造了辉煌的业绩，40年共生产原煤近2亿吨，有力地支援了酒钢、包钢等钢铁企业以及国家多方面的经济建设，在中国现代煤炭资源开发的历史上，浓墨重彩地添上了自己的名字。

# 石炭井是怎样炼成的

石炭井的故事，就是用传统农耕工具，完成了一个有着代差的工业时代梦想的壮举，石炭井煤矿初期的开建，不仅是人类向大自然的挑战，更是对自我极限的挑战。

小时候读《钢铁是怎样炼成的》，觉得保尔·柯察金所承受的苦难已经难以想象了，但当我了解了石炭井开发建设的经历之后，觉得《钢铁是怎样炼成的》的苦难色彩就没那么浓重了。保尔·柯察金遭受的包括寒冷、饥饿、物资匮乏、粮食短缺、装备简陋、生活条件极为恶劣等困难，在石炭井初期的开发中都是常态。保尔·柯察金修铁路的艰难，随着铁路完工，任务也就结束了，煤矿的建设开采，却是日复一日、年复一年的，其艰苦程度，令人咋舌。

贺兰山北段与腾格里沙漠和乌兰布和沙漠的边缘接壤，属蒙甘干旱荒漠型地表，其地貌因岩性的差异和长期受风化侵蚀的程度不同，形成了低凹的沟谷和孤立突起的山峰，没有黄土覆盖，岩石直接裸露在外，地貌大多是以沙砾为主的砂石沟。石炭井地区的主要沙沟有苦水泉沟（石炭井沟）、渤立海带沟和陶寺沟，外围还有李家沟、菜园沟、赞特沟、东沟、巴达拉沟等。石炭井各矿区就处于不同的山沟中，都是四面环山的带状盆地，海拔在 1356 米 ~ 2453 米。

石炭井日照时间长，年蒸发量是降雨量的 10 ~ 12 倍，年均降雨量为78毫米～288毫米，大多集中在7—9月，但因地质特点，一次50毫米以上的降雨量就会形成山洪。夏季最高气温可达35℃～38℃，冬季最低气温为-28℃～-35℃，地表冻土深度可达0.8米～1.2米。

每年11月至次年4月为多风季节，主要是西北风，最大风力超过10级。石炭井因临近沙漠边缘，大风肆虐之际，几乎每年都要经历几场沙尘暴。因此，石炭井有"一年一次风，从春刮到冬；大风三六九，小风天天有"的谚语。

据初代建设者回忆，他们怀着理想和满腔热情奔赴石炭井，然而，再浪漫的理想也抵不过现实的残酷。到达石炭井后，大西北狂暴的天气和荒凉的环境兜头就是一个下马威，完全没有想象中工矿的模样，甚至连最基本的生活设施都没有，一切都是原始状态。他们这才意识到，他们面临的不仅仅是一块难啃的硬骨头，还有着生死考验，但在革命乐观主义的激荡下，"困难"两个字很快被大伙抛到脑后，他们以"有条件要上，没有条件创造条件也要上"的大无畏气概，投入到了石炭井矿区的建设之中。贺兰山的严寒、酷暑、风沙等恶劣天气，都被当成了磨炼意志的考验，风餐露宿、披星戴月成为常态，他们在莽莽贺兰山中开始了一次没有战火的"长征"。

煤炭开采的前期是矿井的建设，首先入驻的机构叫建井公司。当时的石炭井基本还是原始状态，不通公路，也不通铁路。交通成了不可回避的大事，而这个问题，也得靠建井公司自行解决。所以，建井公司在开建矿井的同时，抽调人马，首先修通了石炭井到内蒙古乌达三道坎火车站的简易公路，保证物资材料及人员运输。当时这段路的主要交通工具是卡车、马车、驴车及其他畜力，建井公司在三矿还设有车马大队，负责管理卡车和骡马，统筹安排交通运输。

当时进入石炭井，有两条路线可选。一条是乘火车到达内蒙古乌达三道坎火车站，顺简易公路进入石炭井。另一条是在平罗下火车，乘坐拉煤的车，顺沙沟进到大磴沟，再顺着沙沟，翻山爬坡，步行进入石炭井。

当时火车虽然通到了平罗，但平罗到石炭井之间的铁路和公路都没有修通，行李、工具、物资都靠骆驼、骡马、毛驴这些原始畜力驮运，或者推着人力板车，凭借一双脚步行进入石炭井。

　　吃住是生存的首要条件，石炭井当时只有前期勘探队留下少量的简易房，供办公和少量人员住宿，大部分人员的住宿处得自己搭建。因为当时运输困难，物资紧张，最简便的解决住宿问题的办法就是挖"地窑子"（一作"地窨子"），因"地窑子"挖建成本低、可操作性强成为最优选项。地窑子根据需求和地形，可大可小，小的仅容1~2人，大的有能住20多人的。地窑子的缺陷是没有窗户采光，所以白天里面也很昏暗。条件好一点后，地窑子改进为地坑房，8人一间，人可以在地面行走了，但站在床上，脑袋还是会碰到房顶的椽子。

　　据1959年年初从石嘴山派驻到石炭井的老同志回忆，他们是从石嘴山坐卡车去的，没有路，卡车顺着河床、沟壑一路前行。到达指定位置后，放眼望去，除了同车的工友，只有一片荒滩野岭在凛冽的朔风中延展向远方。大家还在发蒙的时候，领队告诉大家，如果晚上不想在山地里被冻僵，那就马上给自己挖个地窑子。大伙儿闻言，惊出一身冷汗，马上自由结对子，开始根据地形选择位置，相互配合着开挖。初春三月，贺兰山里还是春寒料峭，在野地里冻得人都在发抖，若是露宿一夜，想都不敢想，于是个个奋勇、人人争先，纷纷挥舞着镐头、铁锹，大干了起来。贺兰山的山体貌似松散实则坚硬，挖掘进度缓慢。但大家一想起寒冷的夜晚，顿时浑身是劲，挥汗如雨地挖了起来。上级组织其实是有预案的，随卡车拉来的还有床板和麦草，等地窑子挖好后，按人头分配，搭上床板，再铺上麦草，就是一个简易住所，可以舒坦地睡个好觉了。

　　很长一段时间内，大家都住在地窑子里，半夜解手，踩空跌入别人地窑子的事常有发生。

　　炊事员则即刻埋锅造饭，保证大家能吃到晚饭。跟部队行军打仗一样，没有厨房，没有炉灶，只能在野外用石块临时支起大铁锅。当时做了一锅简单的米面调和，大家四散蹲坐在地上开吃，是真正的野餐。难以理解的是，回忆起来，就是这样简单的食物，大家却吃得津津有味，分外开心。这和条件优渥后面对着一桌子珍馐美味，却一点儿胃口都没有的情况比，有些不可思议。

住宿通过努力容易解决，吃水却成了头号问题，荒山野岭之中，地表缺乏径流和其他水源，找水成为一大难题。唯一的办法就是打井，学名叫开采地下水。地下水发苦发涩，各种指标都不达标，但就这样的水，也难以保证水量。厨房或公共用水由毛驴车拉回，个人用水只能用扁担挑或用手提，没几天两个肩膀都被压烂了，但也只能咬牙坚持，活人总不能被渴死。

很多来自北上杭等繁华都市的热血青年，大家都细皮嫩肉的，突然置身蛮荒之中，除了愕然，很多人陷入了沉重、失望和迷茫之中。

我曾偶遇一位老奶奶，是当年浙江到石炭井的知识青年。她很主动地讲起第一次来宁夏时的情景，一下火车，正好遇上沙尘暴，狂风呼啸，飞沙走石，南方人没见过这个，一下子像是掉进了冰窟窿，浑身都凉透了，眼泪禁不住就流了下来。因为第一次感觉太过震撼，所以多年后回想起来仍历历在目。老人虽然在讲述这段难忘的经历，但神情言语间是满满的眷恋，似乎在回忆着一段特别美好的岁月。

工作生活虽然艰苦，但这批人始终保持着积极、乐观的精神状态，他们幽默地总结石炭井的状况：


天上无飞鸟，

山上不长草。

风吹石头跑，

地下全是宝。

房子像碉堡，

吃水全靠挑。

男的多来女的少，

媳妇不好找。


相比生产，生活上的这些困难都算小事了。

当时的主要生产力就是人，生产工具则是钢钎、洋镐、铁锨这些原始农耕工具，这种生产方式，对于建设一个按规模化开采标准设计的现代煤矿来说，是难以想象的。对他们来说，除了这些简单的工具，剩下的就是钢铁般的意志和"一不怕苦，二不怕死"的精神了。

当时一个煤矿的开掘建设，大约要两至三年的时间，对于人力来说，劳动强度不亚于战争，其艰难细思极恐。军人的重体力活是阶段性的，煤矿工人的重体力活却是常态化的。矿上三班倒，24 小时不停歇。在矿井下面工作，很多地方都无法站立，只能跪在闷热的巷道里，在弥漫的粉尘中，用大铁锨撬煤。干活的都是男的，有些人嫌衣服碍事，就直接赤裸上身，挥汗如雨地猛干。一个班下来，人就跟抽空了一样，变成了一摊泥。很多人从井下上来，首先大口呼吸新鲜空气，在井口躺上半个多小时，缓过劲来以后，才有力气回去。

因为缺水，洗澡就是很奢侈的事，就连洗脸，一盆水也要洗好多人。大部分人只能在已经被洗成黑水的盆子里胡乱洗几下了事，等干了后，脸上一绺一绺的黑印子，眼睛像画了一圈眼线，看着很"非主流"。还有一些人干脆就不洗脸，一个个蓬头垢面的，吃点东西后倒头就睡。往往一觉醒来，浑身的酸痛劲儿还没有过去呢，又得下井了。

人在极度的疲惫中，脑子好像会停止运转，什么也不想，只是机械地重复劳动。但时间一长，身体就会习惯，耐受力也随之加强，繁重的体力活也似乎没那么难以忍耐了。

煤矿建设初期，石炭井一、二、三工区和小煤窑工区，都是在无支护的恶劣条件下，用穿硐式和高落式采煤方法，用手镐和铁锨刨出煤来，装入背斗，再用人力背出来，虽然也有少量的骡马和驴，但人还是绝对的主力。据资料记载，当时人均每天工作 8 小时，背煤约 3 吨。

当黝黑的原煤从井口输送上来时，有人捧在手里失声痛哭！

哪里有什么铮铮铁骨？都是爹娘生养，都是肉体凡胎，承受长年累月体力上的极限挑战，面对时刻可能来临的死亡威胁，如果没有巨大的生存压力和精神力量支撑，怎会以命相搏？

1961年，福建籍青年学子江正雄从北京矿业学院毕业，被分配到石炭井矿务局工作。他和一名女同学先乘火车到银川报到，再乘火车到平罗，随后又从平罗坐大卡车到大磴沟，然后用平板车拉着行李步行进入石炭井。他们一到宁夏，就领略了大西北风沙的"魅力"，这也是他们人生洗礼的开始。当时规定，知识分子必须先下井背煤，参加劳动锻炼，然后再根据个人专业调整到合适的岗位。

江正雄被分配到二矿井下先挖了一段时间的煤，然后调整到技术岗，在井下从事二级闭合导线的测量、整理、联网、闭合工作。他每天背着沉重的测量仪器，沿着坡度24度的斜井，步行几百米下井。在井下持续工作八九个小时，一天不吃不喝。当时井下不送午餐，全仗着年轻、身体底子好，才能支撑下来，但也因此患上了严重的胃病，折磨他多年。

这个怀着梦想来建设石炭井的青年才俊，后来被发配到劳动更为繁重的坑木场，从事木材装卸搬运工作。他说每次装卸木头，若不使出全力，就会被压倒在地，酿成事故。他曾亲眼看见一个工友被一根长长的木头压倒在地，当场气绝身亡。

对于石炭井艰苦的岁月，江正雄曾写下带有边塞风格的诗句来抒发心情：


其一
身入煤层百丈幽，
攀爬劳作点光俦。
更听大漠鸣沙冽，
无奈家慈万里愁。


其二
隐隐高山道，

深深大漠邻。

阴阴棚户窑，

处处无更亲。


冽冽沙尘暴，

滔滔散庐循。

朝朝身入井，

岁岁不知新。


　　江正雄虽然后来调离了石炭井，从事其他工作，但他的经历和感受，是当年参建石炭井煤矿知识分子的缩影，具有很强的代表性。

　　也有实在受不了、彻底崩溃，当了逃兵的。

　　这样的行为在当时会被口诛笔伐，成为警示他人的反面典型。而他的人生也会像被拦腰折断的庄稼，此生再也抬不起头来了。现在想来，不免生出同情和理解来。没有不能承受之重，谁愿意当逃兵？当他在大西北的风声中离开石炭井时，一定是悲从中来！

　　我们无意歌颂苦难，因为苦难带给人类的只有难以愈合的创伤。石炭井就是在这种艰苦奋斗的精神的支撑下一点点建设起来的，那些普通的干部职工，在克服困难时所展现的巨大耐受力和乐观精神，如同大庆精神、铁人精神一样，是一个时代的写照。

　　那个时代的干部群众，只有分工不同，没有高低贵贱之别。大家发自内心地认为，我们是国家的主人，世界是我们的，所有的辛劳付出，都是为了我们自己。用他们的话说就是吃苦是不怕的，劳动是光荣的，胜利终究是属于我们的。各级干部、科室人员，就连细皮嫩肉的女青年，都积极下井，抢着挖浮煤、扛柱子、清扫工作面，出大力、流大汗地忘我劳动，在这种情绪的感召下，整个群体像是被一种巨大的力量裹挟着，迸发出战斗的意志，各个井口的掘进每日都在肉眼可见地推进，井口也开始源源不断地出煤，喜讯一个接一个地传来。

石炭井沙河沟上的第一座大桥叫长征桥，第一个大型餐厅叫长征餐厅，后更名为长征综合商场，也是石炭井最著名的地标建筑，准确传达出了矿务局创业的精神本质。

建矿初期，由于没有电，缺乏动能，生产方式无法升级，效率上不去，面对生产任务和实际困难，各级领导也急得顿足搓手。1959年，经各种请示和协调，上级部门决定从兰州抽调两台功率为240千瓦的进口锅炉式发电机，支援石炭井。然而因机组中有超重的大部件，当时的公路桥梁、涵洞根本就承受不住，在几经磋商、请教了多个老师傅后，才想出先通过黄河水运，到石嘴山后，再转运石炭井的办法，解决了运输问题。大家硬是手拉肩扛，用人力分别在石炭井和汝箕沟安装好两台发电机，算是各自建成了自备发电厂。但这两台发电机的功率太小，解决不了大问题。主要作用是提供照明和小水泵用电，但这也点亮了矿工们的希望，极大地鼓舞了士气，让他们看到了现代工业的曙光。

直到1960年4月，从石嘴山到石炭井的输电线路架通后，才解决了石炭井煤矿的电力问题。所用电力主要由大武口火电厂通过110千伏输电线路与石嘴山火电厂、青铜峡水电厂联网构成的供电体系提供，相当充沛。

电力的出现，使得石炭井的煤矿建设提升了一个层次。各矿都配备了风钻、小绞车、卷扬机等机械化装备，这些机械设备，大大降低了工人的劳动强度，又极大提高了开采的效率，石炭井煤矿的建设开采迈上了一个新台阶。

1963年，二矿开始使用波兰制造的截煤机和苏联制造的KM-2截煤机采煤，生产力大大提高。

1969年，矿务局在三矿、二矿推行低压煤壁注水降尘技术，该技术后获全国煤炭工业科技进步奖一等奖，被煤炭工业部列为《全国煤矿先进技术经验五十条》之一，向全国推广。

1975年，自治区首次引进英国MK11-200型双滚筒采煤机和道梯4×200吨垛式自移支架综合采煤设备，在二矿投入生产。

1976年，二矿全面实现采区集中运输，大巷运输、原煤提升运输皮带化。

1979 年，大武口洗煤厂研究并使用圆弧形底架支撑均匀张紧焊接筛网的方法，解决了焊接筛网的使用问题，获煤炭工业部优秀成果奖，被煤炭工业部列入《先进技术经验 50 条》之一，向全国推广。

随着新技术、新设备在石炭井的广泛使用，生产力和生产安全大大提高，产煤量也是节节攀升，矿区呈现出欣欣向荣的面貌。

为有牺牲多壮志，敢教日月换新天。

在热烈的建设大潮中，石炭井矿务局涌现出了很多像雷锋、黄继光、保尔·柯察金一样的人物，他们的事迹，毫不逊色于我们从书本和影视剧中熟知的英模。

邵河是 1958 年被招工到石炭井矿务局的一位阳光小伙儿，干起工作不要命，因此获得了许多荣誉，他时常说："要完成任务，不流点汗，不掉几斤肉是不行的。"他因工作突出，被提拔为李家沟煤矿（后来的四矿）运输队副队长。1969 年，他还作为煤炭系统的工人代表，到北京参加了国庆节观礼活动。1971 年 5 月，矿井箕斗煤仓漏斗出口被落煤堵塞，几经折腾，被大煤块卡死，无法捅开。各种工具都解决不了，只能让人吊下去，用钢钎近距离才能捅开。这种操作是有危险的，邵河拦住别人，自己拴了一根绳子下到煤仓。不料，在用力疏通仓口时，绳子断裂，邵河坠入煤仓，存煤滑落，瞬间被掩埋。邵河以身殉职，年仅 33 岁。

郝珍，宁夏贺兰人，1959 年被招工到石炭井建井公司。郝珍思想积极，事事争先，逐渐成长为雷锋式的采煤组长。1968 年 11 月，矿上组织"放高产"，轮休的郝珍主动放弃休息，带领全班打头阵。干得正热火朝天，突然顶层一根粗大的坑木滚落下来，有可能撞倒支架，导致顶板塌落。郝珍见状，拿起一块木板，飞身上前，以身阻挡，沉重的坑木将郝珍砸进溜槽，然后撞停，郝珍当即一口鲜血喷出，晕死过去。一场矿道坍塌的事故避免了，郝珍却肋骨皆断，肝胆俱裂，经抢救无效，光荣牺牲，年仅 32 岁。他生前最后一句话是："我没有完成任务……"看着很像电影里的台词，却是真实的故事。他不是用生命在作秀，他条件反射般的举动是一种惯性，代表了那个时代工人阶级的整体思想状况。

有诗叹曰：

天高路远兮舟车断，
遥望故乡兮不可见。
挥手一别兮今日事，
脱体山阿兮魂已安。

从煤层构造讲，石炭井是一个高瓦斯矿区，对开采技术要求比较高。因为当时生产力所限，很多危险的工作都要由人去完成，所以矿工死亡和致伤致残情况时有发生。井下工作面最初用的是木支架，因基础设施差，又缺乏防护设备，加之当时的技术水平也不高，常有事故发生。每开采百万吨煤，往往要死亡十几个人。

粗略列举一下石炭井矿务局各矿发生的重大事故：

1954年，汝箕沟煤矿发生瓦斯爆炸事故，致死亡13人，重伤1人，轻伤3人。

1959年，汝箕沟煤矿发生重大瓦斯爆炸事故，致18人死亡。

1968年，石炭井三矿发生煤尘爆炸，致27人死亡、重伤2人、轻伤1人。

1978年，石炭井二矿发生瓦斯爆炸，一次死亡20人。

煤矿最早在采煤工作面打眼放炮，然后由人工攉煤，采用木头支护，随着矿井设施的逐渐改进，采用了刮板运输机输煤，逐步用铁支架、液压支架替代了木支架。后来采用了高档机械化采煤，增加了各种综采设备，实行综合机械采煤，工作条件得到了较大的改善，也大大降低了工人的劳动强度，提高了生产效率。

20世纪80年代以来，尤其是党的十一届三中全会带来的思想解放，计划经济向市场经济转型，矿工的生命比集体财产更加重要的意识被广泛认同和普及，煤炭工业部、矿务局面对血的教训，开始狠抓安全生产。各矿都投入了大量资金进行安全设施升级改造，出台了一系列安全生产制度。经大力整治，百万吨煤炭死亡率明显下降。

1983年，煤炭工业部专门在石炭井召开了煤矿安全生产现场观摩会，充分肯定了石炭井矿务局整治煤矿安全生产的做法，石炭井的煤炭生产步入了新纪元。

除了工亡、工伤外，煤矿工人还面临着硅肺病的威胁，这是煤矿工人的职业病。早期因为缺乏防护设备，加之个人防护意识也不强，矿工在井下容易吸入大量煤尘、岩尘，引起肺部感染，患上硅肺病，很多人因此早早离世。

众多的牺牲者，如同此起彼伏的浪花，转瞬就隐入了大海的波涛，无声无息了。随着岁月的流逝，他们的故事已无可考，只是变成了伤亡报告上的一个个数字，留存在那些很少有人再去翻阅的资料里。

在采访中发现，很多人都是满怀理想和激情，自愿报名前往石炭井的，他们将建设祖国的大西北当成一项事业，发挥着"愚公移山"的精神，甘愿将一生都奉献给石炭井矿区。许多家庭祖孙三代都成了煤矿工人，用矿工们自己的话说就是"献了青春献终身，献了终身献子孙"。他们虽然经历了苦难，直面过生死，但忆起往事，都是感慨，没有后悔，神情是历经风雨后的平静。保尔·柯察金曾说："人最宝贵的就是生命。生命每个人只有一次。人的一生应当这样度过：当回忆往事的时候，他不会因为虚度年华而悔恨，也不会因为碌碌无为而羞愧；在临死的时候，他能够说：'我的整个生命和全部精力，都已经献给了世界上最壮丽的事业——为人类的解放而斗争。'人应当赶紧地、充分地生活，因为意外的疾病或悲惨的事故随时都可以突然结束他的生命。"这些文字，就像是专门写给石炭井煤矿工人的，不管风里雨里，石炭井的开发建设都没有停止前进的脚步，很多人甚至连名字都没有留下，就消失在岁月的尘埃中。但他们在艰难岁月里表现出的思想境界和牺牲精神，在这片土地上留下了无比深刻而光荣的时代烙印，在新时代的视野里，这种大无畏的品质，愈发显得熠熠生辉。

# 挣死牛也不翻车的矿务局

石炭井矿区的开发建设，正好赶上国家困难时期，物资、粮食都极度紧张。为保证完成预定目标，矿务局在煤矿的建设中动足了脑筋，确立了"先生产、后生活"的方针；为实现工程进度，采取了"边规划、边设计、边建设、边生产"的办法，以宁可挣死牛也不能让车翻的精神，克服了巨大困难，完成了既定目标。

矿区动工建设的时候，还没有道路，巨量的煤炭运输不是一般公路能满足得了的，必须铁路和公路相配合，借助火车强大的运输能力才能满足外运需求。因此运输能力就是命脉，解决不了运输，生产也就毫无意义。

煤炭工业部在规划石炭井煤矿的时候，也同步规划了运输的问题，铁路和公路的修建也同时启动。

经多次勘探调研，当时设计了从平罗—汝箕沟—石炭井—乌兰矿的铁路线，即包兰铁路平汝支线，并由煤炭工业部出资，责成石炭井矿务局成立铁路工程处，负责修建。

1958年12月，包兰铁路平汝支线（平罗、汝箕沟）动工兴建，铁路全长83公里，设有6个火车站，与各生产矿区相连，与包兰铁路接轨。工程分两期施工，一期平罗至大磴沟段，1961年8月建成通车，全长35.9公里；二期大磴沟至汝箕沟段，1966年开工建设，全长46.8

公里，1971 年建成通车。该铁路建成通车，极大地提升了石炭井煤炭的外运能力。

同时，建井公司先修通了石炭井至内蒙古乌达三道坎车站之间的公路，以保证各种建设物资的运输。但这条公路远远不能满足运输需求，尤其是没有连接平罗、大武口、石嘴山的公路，使得宁夏境内的物资只能绕道内蒙古，大大增加了运输成本，也极大降低了生产效率。

1959 年，石炭井通往大武口的简易公路开始修建。这条公路劈山傍岭，蜿蜒曲折几十公里，这是石炭井唯一通往平罗和石嘴山的公路。公路的一侧是几十米高的悬崖，怪石嶙峋；另一侧是十几米深的陡坡，乱石散布，修建该公路时，因缺乏机械设备，矿工们就用钢钎、铁锹、镐头、架子车、藤筐等简易工具进行施工，经艰苦努力，于次年建成了平（罗）石（炭井）公路，公路全长 42 公里，与宁夏境内南部的平石公路和 110 国道相连，成为石炭井区连接大武口区、石嘴山市乃至宁夏各市县和陕西、甘肃等地的交通主干线。

1964 年，石嘴山运输公司开辟石嘴山—平罗—石炭井客运线路，全长 90 公里，为石炭井地区长途客运汽车营运之始。1971 年 4 月，石嘴山市政府投资 5000 元，在石炭井建汽车站，1972 年 5 月建成投入使用。

到 20 世纪 70 年代初，石炭井城区通往各矿、石嘴山市的公路，都是建矿初期修建的简易公路，经常靠缝缝补补勉强维系。随着使用年限的增长，原有的路面已捉襟见肘、破败不堪，坑坑洼洼的简易公路，三天两头得修补，通行极为不畅，根本满足不了石炭井日益增长的运输需求。逢着雨雪天气，泥泞不堪，过往车辆，磕磕绊绊，举步维艰。夏天暴发的山洪，冲毁路段、导致车辆不能通行的事故屡见不鲜，甚至还发生过冲走汽车，车毁人亡的重大事故。随着煤矿产量的大幅提高，运输问题愈加突出，严重影响矿区的生产进度和生活秩序。

严峻的运输压力让石嘴山市政府和石炭井矿务局下定了修建这条公路的决心，但因资金无法解决，最终想出了一个"众筹"的办法。具体方案是：由石嘴山市政府负责修建从石嘴山到石炭井沟口共 40 公里的山前公路，由石炭井矿务局负责修建从沟口到石炭井的 30 多公里的沟内公路。

1975 年，修路工程开始了。因为资金不足，石嘴山市和石炭井矿务局双方都动员了所有的职工义务劳动，参与挖填路基、完成石方等工作。那浩浩荡荡的修路场景，恐怕以后难以再现了。

经过半年多的奋战，石炭井通往石嘴山的公路，终于修通了。

后来，石炭井矿务局也一鼓作气，用同样的办法，分批修通了通往各矿，包括总机修厂至大武口的公路。

至此，石炭井有了较为完整的公路网系，城市功能得到完善和升级，一个颇有点儿现代气息的山城出现了。

水乃生命之源，是人类定居生活的首要条件，和空气一样重要。石炭井近山远河，地面没有径流。建矿初期，基本饮用河沟表层水和小机井水，饮水基本靠驴车拉运和人力肩挑。为解决矿区生产生活用水，1960 年，矿务局在大磴沟修建了截潜工程，1961 年年底竣工。这项工程将地下潜流水截住净化加以利用，铺设了管道，每天早中晚定时输送生活用水到石炭井各居民区的供水站，各家各户再挑回家去，灌满两个大水缸，可用一周，矿区生产生活用水基本得到了保障。但潜流水碱性大，味道苦涩，量也得不到保障，只能是将就着过渡一下，要想解决问题还得另谋良策。

不久，在八号泉发现一眼泉水，水质很好，水量也大，但满足石炭井的用水还远远不够。办法总比困难多，集思广益之下，石炭井矿务局决定在大登沟与八号泉地区交界处建造一个泵站，引入沙滩渗透下来的循环水，和八号泉的水混合，这样虽然水质会变差，但基本可以保证水量。

随着矿区规模的扩大，一矿、三矿、四矿先后投入生产，人员增多，沟口供水站的供水压力越来越大，供水日渐紧张。

1967 年，呼鲁斯太矿区宗别立水源地开工建设，当年竣工供水。

1974 年，石炭井矿务局在三矿北四十一公里处，即内蒙古阿左旗芒来大队地区的荒漠沙滩发现了水源，根据地理条件，设计建设了三级泵站，将水输送到石炭井的驻地部队和三矿。这个水源的水质较软，一些饭馆、豆腐作坊经常到三矿的水泵房拉水。后来阿左旗划归内蒙古，宁夏曾力争保留这个水源地，但没有成功。

1975年，相关人员在沟口农业指挥部中心地区找到了水源，输送到石炭井，主要供一矿、二矿生产及家属区用水。

乌兰矿（呼鲁斯太）建成后，因属地归阿左旗，用水就近选择了宗别立镇的水源地。

1977年，汝箕沟沟口建成水源井4眼，在黄草滩、峡子沟修建加压泵站，两年后建成供水。

1983年，为解决白芨沟矿区用水不足的问题，石炭井矿务局将目光投向了平罗县崇岗乡。因为崇岗地下有巨大的含水层，经当地政府同意，矿务局勘探队顺利完成打井，解决了白芨沟矿的用水问题。

1988年，又兴建了四十一公里供水系统，呼鲁斯太矿区塔塔沟供水工程开工，两年后竣工使用。至此，矿务局设有石炭井、沟口、汝箕沟口3个供水队，管理着18眼水源井、13座机房泵站，8座变电所，年供水量163万立方米，担负着石炭井矿区、乌兰矿区、汝箕沟矿区和大武口居住基地的工业用水和民用水。

用水问题虽然一直存在，但矿务局在解决用水的问题上一直没有停止脚步。到后来各家各户都通了自来水，算是在一定程度上实现了现代化。虽然时有停水现象，但毕竟是告别了用扁担挑水的年代。

后来为了加强用水管理，石炭井矿务局对水价做了调整，超额部分按2倍水价收费。按照用水量需求的原则，将42条供水干管中37条分为5个配水房承包给对应单位管理，从根本上减少了浪费的现象。

石炭井建矿初期，为保证生产进度，大量职工一直都住在地窑子里，生活环境一直没有得到改善。因物资紧张，木料、钢材等都要用于生产，所以在职工住房以及生活基础设施的建设上，缺陷较多。

为解决数千干部职工的住宿问题，当时的建井公司就组织广大职工就地取材，自烧白灰，自制砖瓦，就地打片石、脱土坯，先后建造了一些土坯房、石拱房、砖拱房，以及一些简易土木结构的"干打垒"平房和少量石木结构的"车皮房"。

据老人们回忆，第一批房子刚盖好，泥土地面还没有干透，甚至连门窗都还没有安装，很多人就急不可耐地住了进去。以后自己再慢慢用砖或者水泥硬化地面。屋内的装修装饰，家什用具，都是找空闲自己一点一点添加的。虽然大家都是就地取材，但装修各式各样，充满了生活情趣。

一些心灵手巧、动手能力强的职工，利用业余时间和生产废料，或在工友们的帮助下，自行修建了住宅，也算是安家落户了，这就是石炭井人口中常说的自建房。时间一久，自建房逐渐成片，有了一定的规模，自建房也成了住宅区的名称。

随后，等矿务局能腾出手来，开始考虑职工生活问题，就自办了砖瓦厂，扩大了土建队伍，开始为各矿建造砖木结构、砖混结构的平房和简易两层楼房住宅，职工住家的问题才开始逐步解决。

随着房子越盖越多，质量也越来越好。从砖瓦平房，到后来的楼房。经过数年地不断建设，石炭井逐渐建成可供十几万居民居住生活的城区。

随着矿区大规模的开发建设，大批人员云集，粮食和农副产品的供给成了矿务局最为头疼的事情。

1960 年，石炭井的开发如火如荼，但当时粮食实行定量供应，家属们大多是农村户口，职工们的口粮定量低，副食品缺乏，工作、生活极端困难。为巩固职工队伍，保证矿井建设正常进行，石炭井矿务局贯彻执行"低标准，瓜菜代，办好食堂，管好粮食，劳逸结合"五条方针。在最困难的时期，矿务局一个职工每月的口粮不到 10 公斤，蔬菜、副食品几乎没有。当时的局领导万般无奈，去平罗县政府求援。平罗县的粮食也很紧张，但依然尽最大努力进行了协调，最终口粮供应按照劳动强度的大小调整为24.5 公斤、19.5 公斤、15.5 公斤、13.5 公斤。但这也不能解决根本问题，从事重体力劳动的职工还是吃不饱，好几百人都出现了全身浮肿。

为了解决吃饭问题，矿务局领导又数次求助石嘴山市政府和平罗县政府，谋划并磋商自办农场事宜。经反复考察调研，石嘴山市决定将黄灌区以北、石炭井沟口以南的贺兰山冲积扇地区划给石炭井矿务局作为开荒种地，以图彻底解决矿务局职工的吃饭问题。

矿务局专门成立了农业生产指挥部，动员组织了一部分职工和没有城市户籍的人员共1000多人专门从事农业生产。农场生产的蔬菜主供一、二、三、四矿和直属处、工程处7000多名单身职工。此举不但解决了矿务局的吃饭问题，催生了矿务局农业指挥部，还为以后矿务局的下迁和住宅开发埋下了伏笔。

农业指挥部的领导班子有身经百战的转业军官，也有支宁的老煤炭干部，他们身先士卒地带领职工及其家属，缩衣节食，在石炭井沟口碱滩上大规模开荒造田，在荒滩上再造了一个石炭井的"南泥湾"。为鼓励士气，农场的墙面上写着："顶风沙，冒严寒，向沙丘宣战，向荒滩要粮"的大幅标语。农场的工作并不比煤矿轻松多少，为了多产粮食蔬菜，他们起早贪黑，辛勤耕作，还特意编了个口头禅："风梳头，汗洗脸，农场干活没冬天，早上出工电灯明，晚上收工亮星星。"

1966年，各矿先后在石炭井沟口、平罗西大滩、崇岗乡境内兴办了各自的附属农场，主要从事农、林、牧、副、渔业生产。这些农场的兴办一方面有效地解决了职工家属的户籍（农业户）和就业问题；另一方面为职工家庭提供了粮食、副食（肉、菜、蛋、水产品等）补助，稳定了矿区职工队伍。

石炭井矿务局各矿当时兴办附属农场的经验做法，得到了煤炭工业部的肯定。到1975年时，全局各农场年生产粮食50多万公斤、蔬菜125万公斤，牛、羊、猪、家禽、鱼类的养殖初具规模，各种水果、蔬菜的种植极大地缓解了副食供给不足的矛盾。

截至1980年，共计开垦荒地2万多亩，可用造林地12000亩，建起了16个农场。修建引黄扬水工程5.5公里，扬水站4座，蓄水池5个，排水渠7公里，防洪坝20多公里。分布于区境南部的沟口办事处地区防护林，经多年种植管理，已枝繁叶茂，基本形成贺兰山东麓防护林区，在防风固沙、涵养水源、保护环境方面起到不可替代的作用，甚至还在这里修建了职工疗养所，从根本上解决了矿上职工及农业户家属吃菜难和吃粮问题，大大缓解了矿区食品供应不足的压力。

汗水浇灌出的花朵最鲜艳，努力得到的果实最甘甜。经过几十年、几代人艰苦卓绝的辛勤劳作，昔日的荒凉之地，发生了翻天覆地的变化，石炭井矿务局农场成为全国煤炭行业"大办农业"的一面旗帜。

后来，煤炭工业部为推广先进经验，解决其他矿务局类似的困难，两次在石炭井矿务局召开全国煤矿办农场经验交流现场会，向全国推广石炭井的成功经验，而且原国家计委和煤炭工业部还为矿务局作出"每调出一吨煤，给予一元钱"的奖励补贴政策。

石炭井矿务局在组织生产建设的同时，还承担着"企业办社会"的责任。先后成立了矿区商业、建筑业、文化教育、医疗卫生，以及食堂、托儿所、幼儿园、俱乐部、植树造林等一大批"政府职能"的机构。

教育是矿务局承担"政府职能"中最大的系统，随着矿务局开办的幼儿园、中小学的增多，矿务局专门设置了教育处，负责管理各种学校事项。从石炭井最早的开发，矿务局改制，共与近 30 所中小学，并与大专院校建立合作关系。解决了广大职工子弟的上学问题，为石炭井二代、三代甚至第四代，提供了良好的教育，培养了众多优秀人才。

石炭井开发初期，职工来自四面八方，除部分知识分子外，大部分人没有文化或者文化知识单一，更缺乏专业知识。为改变这一状况，加强对新职工的培训，矿务局成立了职工培训办公室。1960 年，矿务局技工学校开工建设，中间曾停办，1978 年改为石炭井煤矿技工学校，校址在石炭井沟口。1971 年，矿务局成立"五七"干校。1975 年矿务局成立"七二一"工人大学，开设采煤、机械、医务、农林 4 个专业。1981 年成立矿务局职工专科学校，后分别更名为"石炭井矿务局职工专科学校""宁夏煤炭职工大学""宁夏工业职业学院"。

矿务局职工教育院校主要有宁夏工业职工学院、宁夏煤炭职工中专学校、职业中专学校、石炭井矿务局党校、石炭井煤矿技工学校、石炭井矿务局职工教育中心。

孩子是祖国的未来，在基础教育方面，矿务局也付出了巨大的投入。

第一中学，1959 年建校，位于石炭井光明前街，当时名称是石炭井煤矿建井公司职工子弟学校，1964年与小学分开，迁至文化街，成立石炭井矿务局职工子弟学校，1972年设高中部。1980年更名为石炭井矿务局第一中学，迁至丰安南街，同年成立石炭井矿务局第二中学。

从第一所学校起，截至矿务局改制，共有中小学26所，其中10所直接隶属矿务局教育处，其余16所隶属各矿（厂）管理，分别分布于5个矿区。

医疗卫生也是一个社会不可或缺的组成部分，石炭井矿务局地处贺兰山腹地，环境恶劣，条件艰苦，加之特有的工作环境，工伤事故常有发生，以创伤外科为主的急诊抢救任务特别重。

1958年秋，石炭井矿区大规模开建时，由自治区人民医院、平罗县医院等单位抽调30人在石炭井矿区渤立海带滩组成了临时医疗机构——"野战医院"。该机构解散撤离时，留下几名人员，与后来抽调的人员于1959年组建成立了石炭井煤矿建井公司职工医院，后更名为石炭井矿务局职工医院。1966年随着矿区生产规模的扩大，先后有7个矿井投产，除职工医院外，又先后建立了白芨沟矿医院、大武口煤炭职工医院、大峰矿医院、乌兰矿医院、总机修厂卫生所、农林处卫生所，扩建了一、二、三、四矿卫生所。其中，大武口煤炭职工医院是1970年由天津市第四人民医院以及530名医护人员，成建制搬迁到大武口，更名为石炭井矿务局大武口煤炭职工医院（时称天津医院）。

1996年，矿务局又投建了拥有60个住院床位、科室齐全的沟口医院。此外，矿务局还在职业病防治、儿童计划免疫、地方病防治、卫生防疫、食品卫生和爱国卫生运动等方面实现了全覆盖。

矿务局管辖的医院里，骨科等科室的技术力量和专业水平，当时在全区都处于领先水平。

1970年，矿务局《矿工报》创刊，1984年《矿工报》更名为《石炭井矿工报》，1998年《石炭井矿工报》更名为《宁夏煤炭报》。

1980年，矿务局电视台转播台建成开播。

1987年，成立石炭井矿务局文艺演出队，次年改为石炭井矿区专业歌舞团，并聘请著名歌唱家邓玉华为名誉团长，团员34名。

一个企业，能拥有自己的大、中、小学，完善的医疗机构，成规模的农场，广播站，报纸，电视台，歌舞团等等，俨然一个完整的社会体系，也是历史发展过程中的一个环节。

1983年，时任共青团中央书记处书记胡锦涛曾到矿务局视察共青团工作。1991年，时任中共中央总书记江泽民，到大峰矿考察，并在调度室对一线生产工人进行通话勉励。

从1958年到2002年的45年里，一些党和国家领导人曾先后到石炭井考察调研，体现了国家对石炭井矿务局的重视和关怀。

随着时代的发展，国家政策的调整、产业结构的迭代升级，大多数三线企业在完成了特殊使命后，或破产或转型重组或易地搬迁，逐渐退出了历史舞台，石炭井矿务局也没有例外。它的发展与新中国同步，在20世纪50年代末勘探规划、在60年代初开工建设、在70年代投入生产，又在市场经济的大潮中转型改制，用一部充满艰辛的创业史，让石炭井这个大西北的偏远山沟，成为贺兰山中的"璀璨明珠"，其筚路蓝缕、砥砺前行的奋斗历程，是一首慷慨悲歌，是一段壮阔的历史，也是一座丰盈的精神丰碑。

# 不该被忘却的人与事

石炭井矿务局的开发建设中，经历过的所有故事，本质上其实就是人的故事。在石炭井的开发建设中，值得书写的人太多太多，本文选择了几位有代表性的人物，借他们的故事，重温那些激情岁月和感人的往事。"祖国的需要就是我的选择"的家国情怀，让当年的建设者们踏着险峻的山道，为了一个目标，走进了莽莽大山，把他们最宝贵的年华，奉献在这里，这种在国家、民族需要时挺身而出，甚至牺牲自我的原动力，是人类在大约300万年的漫长发展过程中进化出来的立足生存和种族延续的伟大本能。正是依靠这种本能，才使得人类能在无数毁灭与灾难后不断重建、进步。为了群体利益牺牲个人的觉悟，是人性美丽的极致体现，也是人类文明中最为耀眼的光辉。

1958年，随着石炭井大开发序幕的拉开，石炭井煤矿筹建处首先成立，煤炭工业部从大同矿务局抽调400名工人和98名干部，由杨引祜领队，到达石炭井，并从石嘴山派去一批人员参与建设。1959年，石炭井煤矿建井公司成立，杨引祜任经理，开始了石炭井煤矿的开发。

**杨引祜**，河北省行唐县人，20岁时到北京门头沟煤矿下井当工人，"七七事变"后，24岁的杨引祜回原籍加入了中国共产党，在党的领导下，投身于抗日事业，在险恶的环境中展开了与日、伪军的斗争。

1941 年，杨引祜带队活捉了 3 名伪军，击毙一伪班长，受到组织嘉奖。因其出色的应变能力，杨引祜被派往石家庄开展地下工作，同时发展党员，扩大队伍。解放战争时期，杨引祜从地下战线被调至华北野战军第二兵团九旅，任营指导员。1948 年在古北口战斗中负伤，转移到地方疗伤。伤愈后，到地方从事筹粮等后勤保障工作。

1949 年，华北野战军解放太原时，杨引祜任筹粮队指导员。太原解放后，杨引祜在部队随后的筹粮过程中，遭遇敌军，在战斗中负伤，被送往西安陆军医院治疗。伤愈后，于 1950 年调至保定军管局工作，不久转业到太原矿务局参与经济建设，历任太原矿务局三矿人事科科长，大同矿务局人事处副处长、处长。

在石炭井开展工作时，杨引祜身先士卒，带领大家开始石炭井煤矿的建井及配套工作，在上级组织的规划下，迅速开展工作，拉开了建设石炭井的序幕。正当一切工作有条不紊地开展时，杨引祜旧疾发作，生命进入倒计时。这位从战争年代走出来、久经考验的革命战士，在石炭井煤矿建井公司仅奋战一年多，便积劳成疾，抱憾石炭井，于 1960 年 3 月医治无效，英年早逝，离开了为之奋斗的事业，享年 46 岁。

随着石炭井煤矿建井公司前期各方面工作的迅速开展，石炭井矿区拉开了全面建设。煤炭工业部在通盘考虑、统筹规划石炭井开发问题后，于 1960 年 1 月成立了石炭井矿务局，完善了组织架构和职能，统一领导石炭井煤矿开发建设，同时撤销了石炭井煤矿建井公司，成立了自治区煤炭管理局建筑安装工程公司。

为不影响工程进度，自治区煤矿管理局任命张希书为党委副书记，朱德玉为第一副局长，芦彬任副局长，张毓菖代理副总工程师，边晓岚代理基建处处长，全面开展石炭井矿区建设。

1961 年，煤炭工业部配齐了石炭井矿务局的班子，由田文锦任石炭井矿务局党委书记，梁振任代局长、局长，兼任自治区煤炭管理局建筑安装工程公司经理。田文锦、梁振就是石炭井矿务局第一任党委书记和局长，后朱德玉调往石嘴山矿务局任职。石炭井迈进了"大干快上"的开发建设岁月。

田文锦，山东省莱西县人，1938年加入中国共产党，在抗日战争和解放战争中，他奋不顾身，出生入死，坚持战斗在一线。历任掖县五区自卫团指挥，莱西县委、地委秘书、秘书主任、胶东区党委秘书、秘书处计政科长，中共青岛市北区委委员、宣传部部长等职。

中华人民共和国成立后，田文锦历任青岛轻工业工会党组成员、副主席，华东煤炭管理局销售处副处长、山东煤管局选煤处处长、办公室主任、党组成员等职，1961年为支援西北工业建设调至宁夏，任石炭井矿务局党委书记。在石炭井，田文锦继续发扬战争年代的作风，兢兢业业，励精图治，为石炭井的开发建设领航掌舵，贡献着自己的力量。

1969年4月，田文锦去世，享年52岁。


梁振，石炭井矿务局的首任局长，这是一位从新四军中成长起来的干部。他18岁就加入了中国共产党，在新四军第二师第五旅十五团先后任战士、班长、排长、连政治指导员、代理营指导员。在历次战斗中，梁振数次负伤。1946年在苏北张山战役中梁振双目被炸伤，左眼失明，右眼视力障碍，被送往华东第一野战医院治疗，为三级战残军人。养好伤后，梁振离开了大部队，被调往敌占区，在地方参加武装斗争。1948年梁振在安徽全和县合六区任区委副书记兼武工队队长。

1951年，梁振任肥东县草庙区委书记，1952年调至淮南矿务局任科长、大队长、副处长、党总支书记等职务。1956年，调任徐州基建局建筑公司任经理。1958年调任石嘴山矿务局副局长。1961年任石炭井矿务局代局长、局长，1968年，梁振被调往他处任职，结束了他在石炭井的战斗岁月。


张毓菖，河北沧县人，回族。1936年考入天津师范学校学习，1939年转入开滦公务员训练学校，1941年毕业后进入开滦赵各庄煤矿工作，一直干到工程师、副总工程师，1949年加入中国共产党。1958年调至石炭井，任石炭井建井公司副总工程师。

1960年，任石炭井矿务局副局长兼副总工程师。张毓菖刻苦学习业务，潜心钻研技术，曾撰写《急倾斜厚煤层斜切分层采煤法落网规律及计算方法》一书，由煤炭工业出版社出版发行。张毓菖是一位专业型领导，他心胸开阔，关注基层，对各矿专业技术人员的培训极为重视，在他的积极建议和组织下，经严格考评，矿务局首批晋升了28名工程师，为矿务局的开发建设发挥了重要作用。后来成为石炭井矿务局局长的王福林就是其中之一，他在回忆文章中深情地回忆了张毓菖对事业的热爱和对基层矿工的关怀，并对他给予极高的评价。1968年3月张毓菖身患癌症，经医治无效，不幸离世，享年47岁。

1961年—1968年是石炭井发展壮大的关键时期。在这段时期，石炭井矿务局不但没有停止煤矿建设的进度，还组织矿区工人生产自救，大办农场，解决了职工及家属的吃粮就业问题，将石炭井矿区初步建设成一个规模化的煤炭基地，为矿务局日后的跨越式发展奠定了良好的基础。石炭井也在矿务局如火如荼地发展中初具城市规模，日益繁荣了起来。


**韩进朝**，宁夏贺兰县人，是1958年第一批进入石炭井矿区的工人，他在井下的工作面总是挑最危险、最困难的地段，把安全、方便的地段让给别人，苦活累活抢着干，几十年如一日地坚持出满勤、干满点，曾先后17次因抢险和救护同事负伤，未等伤愈就重返工作岗位，工人兄弟称赞他是"铁打的英雄""无私无畏的实干家"，他在矿上享有很高的威望。因表现突出，被提拔为二矿采煤六队副队长，并于1973年加入中国共产党。

1974年的一天，正在井下作业的工作面出现了大断层，顶板开始下沉，韩进朝首先发现了险情，他没有选择逃生，他的第一反应是冲进危险区紧急加装支柱，支柱虽然阻止了顶板的下沉，但顶板上掉下来一块石头，将韩进朝砸倒在地，他胸部、腰部的骨头直接断裂，所幸抢救及时，保住了性命。韩进朝伤愈返岗后，组织考虑到他的身体状况，要调配他到地面工作，但韩进朝仍然要求下井，坚持"战斗"在生产第一线。

他的举动，极大带动了其他工人的积极性，一时间，他所在的采煤队人人奋勇、个个争先，创造了高产纪录，韩进朝被大家称作"大干社会主义的闯将"。

1979 年，韩进朝被国务院授予全国劳动模范称号，被石嘴山市授予优秀共产党员称号，1979 年当选为自治区人大常委会委员，1982 年出席了中国共产党第十二次全国代表大会。

1987 年，长期坚持在井下生产一线工作的韩进朝身体终于出现了不可逆转的问题，他因病倒下，经医治无效离世，终年 58 岁。

韩进朝去世后，全国总工会、煤炭工业部发来唁电，自治区领导送了花圈，石炭井矿务局为其举办了隆重的追悼会，缅怀他为石炭井煤矿作出的贡献以及起到的表率作用。


**王学禹**，地质学专家，毕业于长春地质学院。早在 1955 年，王学禹就作为煤炭工业部特派工作组成员在石嘴山、石炭井、汝箕沟、呼鲁斯太等地进行煤炭勘探。1958 年，他作为石炭井煤矿筹备组的成员，是最早进驻石炭井矿区的工程师之一，全程参与了石炭井的开发建设。

王学禹在煤矿、道路及相关工程的设计建设中，发挥了重要作用。尤其凭借对石炭井地区水文地质情况的详细了解，在沟口选定了永久水源地，并对石炭井供水管道进行了设计选线，指挥了沟口永久供水工程的建设，为解决矿区生产生活用水作出了突出贡献。

1983 年，为解决白芨沟矿区供水问题，王学禹在平罗崇岗乡选址并和局领导一起做通了乡党委的工作，在施工技术手段落后、设备简陋的情况下，他顶着压力设计了可行的打井方案和应急保障措施，成功实施了打井工程，源源不断的清泉多年来保持着稳定的水量，解决了近万人的吃水问题。

王学禹患肝病多年，但他忍着病痛，一心扑在工作上，直到病倒住院，还在医院忍着病痛编写地质报告。1988 年，王学禹因肝癌晚期医治无效逝世。他的一生没有对功名、富贵的追求，全心全意地投入石炭井煤矿的建设事业当中，他的离去，令当时矿务局上下痛惜不已，他的品质，当得起高尚两个字。

高节，河北省阜平县人，1938 年参加革命，先后担任过县游击队长、冀热察军区军工处长等职，参加了抗日战争。在解放战争中，高节从事军工和后勤等工作，多次受到嘉奖。离开部队转业后，他先后在淮南矿务局、江苏徐州市基建局、西北煤炭管理局、宁夏煤炭管理局等部门任副局长、局长等职。1965 年任贺兰山煤炭公司党委书记，1969 年任石嘴山市革委会副主任。

高节在西北煤炭管理局任职期间，力排众议，将该局机关从西安下迁到当时还只是一个小镇的石炭井，他亲临一线，靠前指挥。这些举动，完全是战争时期将帅般的做法，其目的就是要高质量、不折不扣地实现最初的战略目标，此举在全国应该都是空前绝后的。

为加快石炭井矿区的开发建设，高节经常到基层矿点和井下了解实际情况，及时研究解决建井和开采中存在的具体问题。为解决煤炭外运，他带领技术人员翻山越岭，实地勘测绘制出了石炭井沟口至乌兰、汝箕沟矿的煤炭铁路专线，解决了煤炭外运的大问题。他在为大武口洗煤厂、太西洗煤厂选址时，顺便也规划设计了大武口的青山路、贺兰山路，奠定了大武口城市的雏形。因此，有人说高节是大武口的奠基者，从大武口的城市发展历史来看，这种说法不无道理。

劳动改造期间，高节的身心虽受到了摧残，但他始终保持了老党员、老干部的优良作风，同各种错误倾向作斗争，并且宽厚地对待了一些受蒙蔽群众对他的过激行为，表现出了高贵的品格。

1976 年 1 月，高节积劳成疾，不幸病逝，终年 57 岁。

他曾说过："活着我要和同志们一起建设石嘴山，死了就把我埋在贺兰山，我要看着同志们继续建设石嘴山……"青山有幸埋忠骨，石嘴山市政府按照他的遗愿，将他安葬在贺兰山脚下，在这里，可以日夜看着这片他为之奋斗、奉献了生命的土地。

正是先辈们鞠躬尽瘁、死而后已的高贵品质，苦干、实干加巧干的艰苦努力，才有了石炭井矿务局辉煌的模样。

前事不忘，后事之师，在缅怀前辈的同时，向所有参与石炭井开发的建设者们致敬！

有词赞曰：

百里矿区，风不歇，青丝渐染白霜。

千载群峰，雨曾住，岁月怎耐流芳。

家远路遥，忠孝两难，埋骨青春场。

几度回首，何处是故乡？

依稀梦里当年，将身石炭井，肝胆激烈。

情长气短，尽抛却，云横贺兰山上。

扪心有问，夕照生晚烟，任他凭栏。

峥嵘终散，独向漫天苍茫。

# 戍边往事

1969 年年底，中国人民解放军某部移防宁夏，入驻贺兰山腹地石炭井。

一个小小的石炭井，为什么要用这样一支劲旅来驻守呢？

话说贺兰山雄踞西北，不但是我国河流外流区与内流区的分水岭，也是季风气候和非季风气候的分界线，自古为中原北部咽喉要塞，兵家必争之地。明代著名的九边重镇，宁夏镇就因贺兰山而位列其一。

20 世纪 60 年代末，国际形势日渐复杂严峻，中苏关系变得紧张，尤其是"珍宝岛事件"发生后，原本就紧张的中苏关系骤然升级，一时战争的密云笼罩着中苏边境。

蒙古边界距内蒙古阴山山脉仅 150 公里左右，从阴山南下，是人烟稀少的腾格里沙漠，距贺兰山北部入口直线距离仅 300 公里，而贺兰山北部的门户，正好位于石炭井北边，其战略地位骤然凸显。

移防石炭井的这支部队是一支从战争硝烟和炮火中走来、经过战火淬炼的劲旅，其前身参加过百团大战、解放张家口战役，拥有赫赫战功，是一支有着革命历史和光荣传统的部队，它的历史可以追溯到工农红军时期。

伴随着凛冽的寒风，刚改编的部队挺进贺兰山。一时间，贺兰山金戈铁马，战旗猎猎。

很多老石炭井人都还记得解放军入城的情景，石炭井矿务局和地方政府在沙滩广场上举行了盛大的欢迎仪式，主席台中央挂着毛主席像，有"热烈欢迎解放军进驻矿区"的横幅，两边是"军民团结如一人，试看天下谁能敌"和"备战，备荒，为人民"的横幅。

部队在一矿下车，全副武装，由一矿街、新华南街向北进入会场，一路列队整齐、军容威严，石炭井万人空巷，沿途的居民在街道两旁挥舞花环彩带，热烈欢迎。商场门前还摆设了茶水，供战士饮用。

部队进入广场后，坐在正中央，南北两侧是矿务局机关和石炭井各单位，军民齐聚一堂，部队首长和地方领导在主席台就座，举行了盛大的欢迎仪式。部队首长和地方领导分别致辞并发表讲话，大会欢迎气氛隆重热烈。

石炭井区和矿务局随后为部队官兵接风洗尘，安排了午餐、沐浴。短时间的休整之后，各部队有序进驻防区。

解放军进驻石炭井，是石炭井历史上光辉的一页，对石炭井后期的发展有着重要的影响，给石炭井人留下了难以忘怀的记忆。

因为特殊的地理条件和物资匮乏的现实，驻防部队经历了艰难困苦的岁月。和石炭井第一批开发建设者一样，部队面临着吃、住、行都得自己解决的局面，这个能征善战的精锐之师，开始了驻守的征程。

驻防官兵们，上下一心，一手持枪杆，一手握锄头，挖地窑子，搭窝棚，找水源，制土坯，挖煤窑，盖房子，建军营，修筑工事，养猪种菜栽树，还要练兵，演习，在农民、工人、战士几种角色中进行着反复的转换，集中再现了"饮冰雪，住窑洞，筑坑道，守边卡"的戍边风采。

全师自进驻贺兰山以来，在极其艰苦的环境中，将士上下一心，众志成城，从初进山时的"一无所有"，到构筑了各类工程，创造了一段可歌可泣的历史。

经过数年，部队实现了由地窑子到简易营房和窑洞，再到砖瓦房、从分散凌乱到宽敞平整有序的营院的转变，发生了翻天覆地的变化。16年间，部队累计植树 350 多万株，成片林 1262 亩，使营区成为沙漠、戈壁、深山中的"绿洲"。

戍边的岁月虽然艰苦，但也有许多值得记忆的趣事，其中"驴吉普"就是一个流传很广的故事。

这个故事说的是一位战士的母亲到部队探望儿子，到石炭井天色已晚，错过了唯一的班车。在石炭井等待母亲的儿子便背着年迈的母亲，步行回到驻地。兰州军区司令员皮定均在视察部队时，听到这个故事，红了眼眶，他难过地说："战士们可爱、可敬、可怜啊！"便特批给驻石炭井部队每个连队配备一辆毛驴车，经费列入预算编制，此后一些拉水、接人、运输、种地之类的体力活由毛驴车承担，战士们戏称为"驴吉普"。

部队在驻防石炭井期间，和石炭井军民共建，对石炭井的商业贸易、人文交流等方面有很大促进作用，给石炭井注入了新鲜的活力，让石炭井这个偏远小城增色不少。20世纪80年代，7名战士在抢救被山洪困住的8名妇女和儿童时，2名战士不幸牺牲，被驻地群众誉为"七勇士"。

屯兵戍边期间，子弟兵用铁锤和钢钎等简单的工具，进行战备施工。作业时，不少官兵为了战友的安危，争先排除哑炮或顶住塌方的石块，献出了宝贵的生命。

部队自移防石炭井，几代官兵履行了神圣使命，用青春和热血筑起了一道"钢铁长城"，彰显了以"艰苦创业、自觉奉献"为内涵的贺兰山精神，被原总政治部列为具有重大影响的43种革命精神之一。

16年间，有近百名干部战士长眠在这里，数百名官兵积劳成疾，因公致残。其中，32位烈士安葬于八号泉烈士陵园。

据一篇回忆文章，1970年，在一次抢险中，一位时年不满20岁的山东籍战士不幸牺牲，安葬于八号泉烈士陵园。20年后，烈士年迈的母亲从老家来陵园祭扫，当时儿子所在部队番号已经取消，八号泉除了烈士陵园，也已经废弃，通往八号泉的班车也早已停运。老人手足无措，经人指点到民政部门求助，恰好遇到八号泉驻军转业干部，便亲自陪老人去了陵园。事后，该干部心绪难平，便反映到自治区民政厅，在原20师退休和转业老干部的共同努力下，自治区决定将八号泉烈士公墓迁至石嘴山市青山烈士陵园，在告慰英灵的同时，也方便家属及各界人士祭扫，让他们的英魂与贺兰山共存。

韶华易逝，岁月如歌。退役、转业官兵都已渐渐老去，但他们都满怀深情地怀念着曾经驻守过的石炭井和那些激情燃烧的岁月。一些有条件的老兵重返石炭井，再看一眼当年的军营。一位老战士说，石炭井是他们刻骨铭心的地方，每次重返石炭井，都禁不住流出眼泪来。

有位老兵在日记中写道："我为那十六个春秋骄傲，为那十六个春秋自豪。艰苦的戍边环境，让我的青春年华增添了浓重的绿色，那是生机勃发的象征，更是无悔青春的释放。"

部队虽然淡出了石炭井，但在石炭井的峥嵘岁月，和他们为改变这片土地而作出的努力与贡献，是无可更改的历史，成为一方百姓和戍边老兵们珍贵的记忆。

有词赞曰：

男儿挺枪跃马，雄师戍边出征。

石炭井百炼成钢，贺兰山纵横驰骋，沙场苦练兵。

时光倏忽逝去，几度梦回连营。

帐前低吟塞外曲，烽燧边上听雷声，军旅慰平生。

# 如昙花一现的石炭井区政府

**链接:**

石炭井区,地理坐标北纬 39.2 度,东经 106.3 度,平均海拔 1430 米。高山大陆性气候,降雨少,蒸发量大,空气干燥,年平均风速为每秒 3.0 米,最大 12 级。辖区总面积 678 平方公里,分别与阿拉善盟、惠农区、大武口区和平罗县相邻。境内除煤炭外,硅石、云母、黏土、石灰岩等也都有较大的储量和开发价值。

石炭井区 1970 年成立,刚成立时叫石炭区,1973 年改为石炭井区。2002 年撤区,历时 32 年。

对于一个县区来说,32 年实在是短得可怜,和那些动辄上千年的县城相比,简直就是昙花一现。

但昙花有昙花的美丽,石炭井区的 32 年,轰轰烈烈,它的繁荣就像一场盛大的焰火表演,虽短短一瞬,却绚烂夺目,有种滚汤泼雪般的淋漓痛快。

石炭井区的设立,首功要归于人口的增长。

从 20 世纪 50 年代开始,随着大规模的矿区开发建设,石炭井人口数量迅速攀升,到 70 年代,已蔚为可观。

据《石炭井区志》记载:"1970 年石炭井在籍人口为 41934 人。"4

万多的在籍人口，加上已初具规模的交通、建筑、餐饮、商业、服务等行业的流动人口和驻军人数，大约也有小10万，足以撑起一个小县城了。

石炭井当年的人口，来源大致有四部分。

首先是工业移民，以石炭井矿务局的干部职工及其家属为主。石炭井因煤而兴，煤矿工人自然是主力军。尤其是"大三线"建设开始后，很多优秀青年来到了石炭井矿务局，不但增加了人口的数量，而且提高了人口的质量，职工队伍一直增长到鼎盛期3.6万人，加上远大于职工人数的庞大家属队伍，构成了石炭井人口的基本盘。

其次是随着石炭井煤炭开采的迅猛发展所带动的交通、建筑、建材、型煤、食品、商业、服务等多业并举的产业格局的形成以及日益完备的社会生态链，使得从业人员及其家属数量大大增加，给石炭井的人口数量又添了一笔。

最后是随着行政区划的升级、行政部门的健全，党政机关工作人员数量也在不断增加，成为石炭井人口重要的组成部分，石炭井的社会结构也因之趋于完善。

有了人口数量这个基本盘，加上矿务局以及其他行业的生产总值，石炭井在1970年实现了行政升级。

升格为县区建制后，石炭井区与石炭井矿务局犹如双子星座，相映成辉，石炭井的历史也掀开了新的一页。

石炭井的历史沿革比较简单。中华人民共和国成立以前，石炭井就有人挖煤讨生活，但因地理条件、周边人口数量、交通运输、社会经济状况等因素的制约，一直都是零零星星、小打小闹的，没成过啥气候。

1949年，中华人民共和国成立，石炭井仍属宁夏省平罗县管辖。

1954年，宁夏省建制撤销，并入甘肃省，石炭井境域改隶甘肃省银川专署平罗县管辖。

1958年，宁夏回族自治区成立，石炭井归属宁夏回族自治区平罗县管辖。

1960年，改石炭井名称为大武口，建立大武口矿区党委，由平罗县党委领导。

1963年，经国务院批准，石炭井镇由平罗县划归石嘴山市。

1968年，大武口镇驻地下迁大武口，辖区包括今大武口和石炭井地区。石炭井改设石炭井办事处，作为大武口镇的派出机构。因为石炭井曾是大武口镇的驻地，所以，一段时期内，人们称石炭井为"旧镇"。

1970年，石炭井成立"石炭区"，隶属石嘴山市管辖。

1973年，"石炭区"改名为"石炭井区"，增设白芨沟居委会、大峰街居委会，辖区11个居委会。

同年10月，银北地区成立，驻大武口，辖石嘴山市、平罗县、陶乐县、贺兰县。石炭井仍属石嘴山市辖。

1974年，石炭井区成立新华南街办事处、新华北街办事处，增设文化街、跃进街、水泉巷居委会，区辖2个办事处，14个居委会。

1975年，银北地区撤销，石嘴山市改为自治区直辖市（地级），石炭井区改名为石嘴山市三区，正式确立了县级区建制，仍隶属石嘴山市管辖。后来很长一段时间，石炭井人都将石炭井区政府，叫作三区政府。

1976年，新华南街办事处、新华北街办事处撤并为三区街道办事处，辖1个街道办事处，14个居委会。

1979年，恢复新华南街办事处、新华北街办事处，辖2个街道办事处，14个居委会。

1980年，团结街居委会（又称三矿街居委会）改名为丰安街居委会，新村南街居委会改名为新民巷居委会。新村北街居委会改名为东山路居委会。

1981年，"石嘴山市三区"改回为"石炭井区"，跃进街居委会改名为东山前街居委会，红旗街居委会改名为漩涡街居委会，增设沙滩巷居委会、新建街居委会，区辖2个办事处，16个居委会。

1982年，石炭井区增设白芨沟办事处、沟口办事处，增设沟口居委会。辖4个办事处，17个居委会。

1985年，丰安街居委会划为丰安北街居委会和丰安南街居委会。文化街居委会划为文化北街居委会和文化南街居委会。沟口居委会划分为一居委会、二居委会、三居委会、四居委会、五居委会。增设自建村、新建西街、西山路、新华中街、长征巷、大磴沟、八号泉居委会。辖4个办事处，30个居委会。

1990年，白芨沟、大峰街居委会被划分为挺进路、育新、南街、北街、麻黄沟、大峰、站前居委会。增设丰安中街居委会。辖4个办事处，36个居委会。1994年，沟口办事处的第一居委会、第二居委会、第三居委会、第四居委会、第五居委会被划分为白杨、绿洲、槐荫、青屏、银杏、旭辉、翠柳居委会。新华南街办事处撤销沙滩巷居委会，增设双桥街、一矿街居委会。至此，石炭井区辖4个办事处，39个居委会。

2002年，石炭井区撤销市辖区的建制，设石炭井街道办事处，划归大武口区管辖。石炭井区32年的县区建制宣告结束。

截至2001年（1999年统计），石炭井区境内人口14万余人，在籍人口7.4万人，拥有各类经济实体1295个。国内生产总值2.94亿元，城镇居民可支配收入4417万元。

官媒报道撤区的主要原因是：资源枯竭，城市功能萎缩。

石炭井区成立后很长一段时间内，由于经济严重依赖矿务局，在长期形成的"企业办社会"的格局中，许多行政职责和具体事务实际上仍由矿务局承担。城市建设有矿务局的工程处，生活区有矿务局生活区管理处，教育有矿务局教育处，还有医疗救护等社会职能都是依靠矿务局来承担，这种情况在当时一些大型工矿企业中普遍存在。石炭井区所属及市属企业主要集中在商贸服务业，还有若干"大集体"性质的服务企业。因此，一段时间内，石炭井区政府除履行社会治理的基本职能外，主要负责为矿山服务、保障商品供应及维护矿区社会稳定。

石炭井区干部构成比较多元，除从自治区和石嘴山市管干部选派外，干部构成基本以矿务局选调干部为主，少数是部队转业干部，还有从社会公开招收及国家分配的大中专毕业生。石炭井是纯工矿区，煤炭开采是唯一支撑产业，因此这里产业工人比重高。当年除国家有计划成建制地调集一批管理干部和熟练工人外，还有许多自流人员在矿上工作，也有目不识丁的亦工亦农人员。当时，煤炭行业职工工资相对较高、福利待遇较好，吸引了不少外单位职工申请调入煤炭企业，也有一部分大城市的青年因羡慕国企名声而选择到矿区工作。

到 20 世纪 80 年代，政府部门的干部开始逐渐增多。随着矿务局因负担过重出现的各种问题，一些社会职能部门逐渐移交政府，石炭井区政府的职能才日渐完善起来。

在不断完善的石炭井区政府的带领下，特别是党的十一届三中全会以后，石炭井人民迸发出极大的创业热情，秉承矿区艰苦奋斗的创业精神，开拓奋进，各项事业都步入了快速发展的轨道，开创了石炭井 30 多年的辉煌历史。

石炭井在鼎盛时期，繁荣程度超过了很多宁夏的县城，成为宁夏一张靓丽的名片。

石炭井区走向没落的起点应该是从 1985 年驻防部队的裁撤开始，进入 20 世纪 90 年代后，随着矿务局逐渐被取消，煤炭补贴彻底走向市场化，加之煤炭资源日益枯竭，尤其是 1993 年矿务局总部搬迁至大武口区，还有贺兰山煤炭公司的相继离开，使得石炭井区人口流失现象逐步加剧。

1990 年石炭井矿务局机关下迁大武口区，辖区人口开始逐步减少，让石炭井区政府感到了唇亡齿寒般的凉意。

如果驻防部队的裁撤是石炭井之秋的第一片落叶，那么石炭井矿务局机关的下迁，则是石炭井入冬的第一片雪花。矿务局的效益开始下滑，终成雪崩之势，石炭井矿务局走向破产改制之路。

继石炭井矿务局淡出历史舞台之后，石炭井区政府的裁撤降级，让石炭井彻底步入了告别过去的道路。

据当年知情的老干部回忆，虽然当时石炭井的社会经济发展形势严峻，但辖区的财政收入保障机构运转还是绰绰有余的。当时在全国像石炭井这样的县级区划单位很多，有的基础条件和发展环境远不如石炭井，都没有被撤销建制，为什么厄运偏偏降落在石炭井的头上？其实，早在石炭井矿务局下迁、效益式微之际，一些有远见的人，已经嗅到了不祥的气息，敏锐地觉察出留给石炭井的时间不多了，便提出了一个"两步走"的应对战略。第一，联手矿务局，优先发展石炭井沟口地区产业，壮大沟口工业基础；第二，石炭井区政府由新华北街迁至沟口街道，将生产区和生活区分开。该方案被写进了《石炭井区第十个五年计划发展纲要》。等该纲要下发时，上述内容却消失了。

其实，石炭井撤区的原因是多方面的，绝不只是资源面临枯竭和经济发展萎缩那么简单。石炭井的经济严重依赖矿务局，产业结构单一，民营经济发展裹足不前，整体呈下行趋势已成不争的事实。同时，石炭井区政府在主观上也存在认识不足，应对乏力，仍然习惯性地把困难和问题当作争取资金和项目的筹码，给上级造成石炭井举步维艰的印象。此外，一些热衷于抢眼球的媒体和工作人员，夸大资源枯竭论，客观上加剧了石炭井衰败的印象，从舆论上把石炭井推向风雨飘摇之中。

2002年10月20日，宁夏电视台的新闻播报了石炭井撤区的消息。隔天，石炭井区政府召开干部大会，公布了撤并方案，石炭井区原各机构和人员并入大武口区。会后，接收人员开始收缴各部门印章和封存单位账户，一切工作戛然而止。

据一篇回忆当时情景的文章说，干部大会当晚，区机关食堂特意安排了丰盛的菜肴，但大家都意兴阑珊。因个人前途未卜，大家自然愁绪满怀，在食堂用餐的人寥寥无几，大部分人都三五成群，相约在外聚餐。

虽然早有传闻，但确切消息的公布，依然让大家感到突然。一张白纸，几行黑字，一个县级的建制就消失在历史之中。

石炭井撤区后，水电等基本生活条件的保障逐渐出现问题，居民开始产生恐慌心理，纷纷离开，偌大一个石炭井最终所剩不过二三百人。

对于曾经生活在石炭井，尤其是在石炭井出生、长大的人来说，对石炭井的衰败拆迁有着深刻的失落感。他们的根就是石炭井，石炭井是他们名副其实的故乡，而今却一夜之间消失了，就像那哈密瓜断了瓜秧，都塔尔闲挂在墙上。

撤区后的石炭井，产业凋敝，人去楼空，只给世界留下了一个落寞的背影。

有诗叹曰：

三十二年弹指过，荣辱兴衰语无多。

长征桥上举目看，苍茫岁月几蹉跎？

暮色入夜彩云没，明月当空曾照我。

纵使能有回天志，意兴阑珊淡星河。

第二辑

# 枝叶扶疏

# 一座城的诞生

我到石炭井工作的头一年，每逢周末，就带着饼子和水，去山里徒步。

没有目标，就是顺着一个方向一直走。

到午后两点，开始折返，以保证天黑前能返回。

石炭井的山几乎没有植被，地面干硬成壳，在平缓和背阴处，有一些不知名的干巴巴的矮小植物，大约是刺蓬一类，像是在提防什么似的长成土黄色，和山融为一体。

偶有一只沙扑子蹿过，给寂寥的荒山带来一点转瞬即逝的动静。

这样的山体，基本存不住水，一旦大雨，自然会汇聚成山洪。

累了，就躺在山坡上歇会儿。

仰望阳光从深邃的天幕凌空而来，瞬间生出被石化的幻觉。此刻，能听到自己的心跳和旷野的原音。

当年那些地质勘探队员，大约感受略同吧。

躺回床上的时候，耳鼓里有嗡嗡的回声，皮肤也是一跳一跳的灼痛，但那种极度的舒坦，却是千金难买的享受。单纯疲劳带来的深度睡眠，就像一种深层次的新陈代谢，让人醒后有脱胎换骨般的轻松。

每次经过一中校园后的断崖处，都看见一匹老马从一个小煤窑往出拉煤。

我头一次见马在煤窑干活，马低着头努力拉煤，一个人在旁边用鞭子抽打。像重放般反复出现，觉得很无趣，进而觉得可怜。

我熟知的《三套车》里的可怜老马，至少走遍了天涯，比日复一日在黑乎乎的小煤窑里拼命拉车不知幸福了多少倍。

后来，在小煤窑见惯了民工从窄小的煤洞背煤，颤抖的双腿为保持身体的平衡而努力倒腾着可笑的碎步，突然觉得人和马的可怜其实是一种常态，都是为了生存而在拼命。不同的是，马是被鞭子抽打着的，而人，却往往是主动和自觉的。

其实，在电力和机械之前，煤窑的生产运输，都是人力和畜力，生产力的发展，淘汰掉了畜力，也逐渐解放了人力。只是新时代的人，往往没有机缘去理解先辈的人生体验，而前辈大抵也不会预见后辈的艰难，正所谓今人不见古时月，今月曾经照古人。

截至 20 世纪 50 年代，银北最大的城市当数平罗县城。当时的石嘴山，也只是一个 200 多户人家、不足 3000 人口的小镇，虽然它曾因黄河河运的繁忙，作为一个中转码头热闹过一阵子，但毕竟规模有限，随黄河河运的式微很快清冷了下来。

同时期的大武口，还是一个沙包连片的荒滩，因石炭井出产的煤含硫量高，供酒钢、包钢使用需要精洗，上级要求就近建一个洗煤厂，于是，在高节等同志的主持下，开始了大武口洗煤厂的规划建设，顺便也规划修建了贺兰山路、青山路，这才有了大武口最初的构架。同时期，国务院在石嘴山安排了一批重点建设项目，其中由北京有色金属研究总院的 435 室、436 室、215 室合并迁建于大武口的宁夏有色金属冶炼厂，辽宁瓦房店轴承厂迁入平罗大水沟成立西北轴承厂，以及宁夏煤炭基本建设公司、西北煤矿机械总厂（包括煤机一厂、煤机二厂、煤机三厂）等一批大中型企业，这些骨干企业的落地拉开了大武口建设的序幕，大武口也凭借地理优势后来者居上，日后成为石嘴山市政府驻地。

以上布局，极大地改善了石嘴山乃至宁夏的工业布局和产业结构，带动了周边县区的经济发展，数千年因农业文明而名满天下的"塞上江南"，历经了一次工业革命的洗礼，其直接成果就是催生了石嘴山市。

石嘴山市成为宁夏工业的长子，石炭井可以说功不可没，它一度作为石嘴山市的重要组成部分，共同成为宁夏北部重镇。

石炭井地形特殊，四面环山，中间是一大片南北走向的狭长山地，可利用的空间有限。因此石炭井的规划，是按照煤层的分布情况和地形地貌来设计的。可以说是因地制宜、科学合理。

整个石炭井以铁路为界，将矿区和城市区划分开来，泾渭分明。

铁路的西边是生产区，一、二、三矿的主井口以及开采区，都在西边。

老远可见的高大的选煤楼、立井架和矸石山，以及繁忙的运煤火车和满身煤灰的工人，可以让人轻易脑补出一个矿区热闹、繁忙的景象。再往后，随着人员流动的增多，围绕着矿井周围，也出现了一批小商店、小饭馆，颇为热闹。

铁路的东边是城市区，包括行政、商业、文化、教育、医疗卫生以及住宅区，是石炭井的主城区。

主城区以一条南北走向的长街串联起来，南起一矿路，北至三矿与内蒙古交界处。分别为双桥街、新华南街、新华北街、红光街、新建街、丰安南街、丰安北街。长约7公里，像一条巨大的藤蔓匍匐于石炭井城市区，顺着藤蔓延伸出许多巷道小路，纵横交错，把机关、商铺、社区和一个个家庭串联起来，形成了一个八街九陌、灯火辉煌的城市。

石炭井的地势是北高南低，从三矿到一矿，连续下坡，若是骑自行车，几乎可以不蹬，一路衣袂飘飘、风驰电掣般就下去了。反之，得骑出一身汗来。

主干道的两侧有西山路和环城路，后来，石炭井区政府还在沙河沟东边规划修建了一条工人新村至长征桥一线的东环路。

石炭井的住房最初都是地窑子，简易住房和窑洞，有一些矿工也因地制宜、见缝插针地修建了不少房屋，解决了住宿问题，这些日渐成片的住宅区因此被命名为自建村。矿务局也在努力解决职工住房问题，有计划地建造统一的砖瓦房。一段时间，为了解决来矿短期探亲职工的困难，还专门设置了一些探亲用房。再往后，随着经济的好转，逐步修建了成排住宅楼，从分散凌乱到规划有序，逐渐形成了一个个结构合理的社区。

职工的住宅区是按单位划分的，一般同一单位人同住一个片区。名声最响的两个住宅区是"中南海"和"四百户"。

"中南海"是老百姓叫出来的，有点像北京的军区大院。它的位置特别好，背靠着电视塔山，面对沙河沟，环山抱水，是一块风水宝地。经过多年的建设维护，清雅幽静，树木成荫，一个个独户小院掩映其中，大气中透着精巧，老百姓幽默地称之为"中南海"，后来也就以此命名了。

"四百户"处于文化街的北端，通往四矿的路旁。隔着沙河沟与中南海相望，数排漂亮的楼房，林立在路边，现代化气息十足。可以容纳很多住户，但这一片小区就被命名为"四百户"，堪称石炭井从砖瓦房向城市化过渡的代表作。当年人声鼎沸、热闹非凡，是一个充满了现代气息的小区。

二中门口一大片小区，是顺势而建的，名字很别致，叫漩涡。站在高处俯视这片小区，密集的房屋颇有动势，形成一个巨大的漩涡。漩涡里有很多自建房，其中一部分是早期箍的窑洞。这种透着民间智慧的房子，有着精巧的力学原理，冬暖夏凉，结实宜居，深受住户喜欢，以至于有了新楼房，很多人还舍不得搬出去。漩涡住户很多是东北人，一开口都是东北腔，听着很得劲。

还有很多住宅名，如工人新村、跃进街、光明街、民主街、十四栋、红光街住宅等等，都给石炭井人留下特殊的记忆。

1959年石炭井刚开始建矿的时候，因条件所限，加上水资源的紧张，一、二、三工区只建了3个砖木结构的浴室，大家洗浴的要求很难满足。尤其是从井下下班的工人，如果赶不上点，就是一池子已经被洗成黑颜色的水，温度也不够，只能凑合着洗一下。1970年后各矿新建了砖木和少量砖混结构的水泥地面的浴室，设有更衣室。制作了更衣柜，虽然各矿还有差异，但都有自己的浴室，基本满足了职工升井洗浴的需求。此后近10年间，各矿陆续改造、扩建和新建了职工浴室44个。

1983 年，一矿兴建职工福利楼，其中浴室有 12 个更衣室，5 个大浴池，2 个小浴池，36 个喷头。并设有医疗室、寄存室、洗衣室、烘干室、缝补室、太阳灯照射室、胶鞋洗刷粘补室，为井下职工创造了优越的条件。

有了一矿福利楼的榜样，三矿决心来个大的。1984 年，三矿的福利楼兴建，澡堂实行先淋后浴制，三班昼夜服务。其中男浴室内设 6 个大池，96 个喷头，14 个瓷质面盆，供有冷热水，设皮肤药室、理发室。女浴室内设 54 个喷头，3 个盆池，配冲洗器两套，装有紫外线杀菌灯，实行班班消毒。还设了来宾室，内有 4 个喷头，6 个盆池，1 个可供 15 人同洗的浴池。更衣室分 2 层，可容纳 2300 人进行更衣，内设净衣更衣处、饮水处、整容镜等。还有配套的阅览室、象棋室、医务室、电视室、小卖部等。

此后，二矿、乌兰矿、白芨沟矿、大峰矿先后建起了福利楼，矿工的洗浴条件得到了根本的改善。

这一举措不但满足了矿工的洗浴要求，职工家属、社会其他人员，都享受到了矿务局澡堂子的红利，澡堂子文化成为石炭井的一大特色。

在改善居住条件的同时，石炭井的植树绿化工作一直没有停止，多年经营，石炭井是旧貌换新颜。绿树成荫，楼房鳞次栉比，有了现代都市的局面。

沙河沟是石炭井重要地理标志之一，宽 50 余米，贯穿南北，是石炭井最大的沙沟，也是石炭井最主要的泄洪沟，这条沟将石炭井城区天然分割成东西两部分。石炭井的行政、商业区主要在西边，东边是文化活动中心、学校和石炭井医院。

石炭井医院前的广场，就是石炭井矿务局俱乐部，其前身是石炭井影剧院，筹建于 1968 年，砖混结构，占地 1000 平方米，可容纳 1160 人，也是石炭井标志性建筑之一。

沙河沟上有三座比较有名的桥。

最著名的当数长征桥，是石炭井地标性的桥梁，建成于 1976 年，全长约 90 米，是一座横跨沙河沟的三拱大桥。大桥西侧是以长征综合商场和红光市场为中心的商圈，东侧是文化活动中心。长征桥至今屹立在石炭井中心区域，迎来日出，送走晚霞，目睹着岁月的变迁。

二中桥也是一座可通行大卡车的拱形桥，有点像长征桥的姊妹桥，该桥极大改善了沙河沟两侧居民的交通问题，也是石炭井的标志性建筑之一。

值得一提的还有一座仅供行人和自行车通过的小铁桥，位于长征桥和二中桥的中间，穿过铁桥西端的马路，就是石炭井区政府。桥虽然不大，但使用率很高，承载了石炭井人很多温馨的回忆。

石炭井人关于沙河沟还有一个特殊的记忆，就是发山洪。作为石炭井最大的排洪沟，人们的注意力自然就集中在沙河沟上。

沙河沟四面环山，地势低洼，雨季来临，上游汇聚的雨水，很容易形成山洪流进沙河沟。每当山洪暴发，夹带巨石，咆哮而下，有着摧枯拉朽般的洪荒之力。沙河沟顷刻间就会涨满洪水，越过路基，冲进一些地势较低的房屋，裹挟走一切能冲走的东西。很多人撰文回忆半夜洪水冲进房子，家具漂在水中，小孩和老人躲上房顶，大人拼命排水的恐怖景象。天亮后，洪水退去，但因缺少桥梁，一些要越过沙河沟上班的人，只好涉险蹚过沙河沟的洪水。这些散发着泥腥味的文字，让人产生身临其境的感觉。

1962年的一场山洪，浊浪奔腾而下，冲出了石炭井的群山，浪头盖过了沙河沟的加压站，大蹬沟的泵房几乎被洪水淹没，进入石炭井沟的铁路线一号桥也被冲垮，多处公路被冲垮，造成了巨大的经济损失以及人员伤亡。

1975、1976年两年连续暴发山洪，都造成了经济损失和人员伤亡。综合工程处领导姜库同志就是在前往四矿查看工地险情时，不幸被山洪卷走，不幸牺牲。

对于干旱少雨的石炭井，难得一见的洪水像奔腾的河流，场面十分壮观。小孩子都难掩喜悦的心情，奔走相告，三五成群地冲到水边当作景观观看。那些住在高处，没有被洪水波及的成人，也兴致勃勃地加入参观队伍，评头论足，兴奋得像过年一样。洪水裹挟的泥沙杂物，也不乏果蔬、家具、畜禽等物资，有胆大的就趴在水边捞取，如捞得大件，就会引起一片欢呼。还有因捞取物资不慎被洪水冲走的，真乃一失足成千古恨。

山洪虽然恐怖，却也是一场大清扫。山洪过后，路边的垃圾堆、杂物、旱厕后堆积的粪便都会消失不见，沙沟里、马路上会覆盖一层细沙，一切琐碎都会消失掉，世界变得干净利索了许多。

为解决沙沟排水不力，减少山洪对城区沙沟两边居住区的威胁，矿务局和区政府于20世纪80年代，对沙河沟进行了大规模改造，将河道加宽至50米，大大增加了过水面积。此后，石炭井城区再没有遭受到过山洪的侵害。似乎从那以后，也再没有暴发过超大的山洪。

石炭井20世纪六七十年代的商业区就是新华街，新华百货商场、五金交电门市部、蔬菜门市部、副食商店、粮油商店、肉店、日杂商店、药店、新华书店、邮政局、建设银行，餐厅等等，都集中在这条街上。

二矿以北的铁道西侧，就是大名鼎鼎的代开粮店。在实行供给制的年代，每人的粮食都是有定量的，每家每户每月的口粮，都要凭证去粮店买回来，因此上一辈人对这个地方，是再熟悉不过了。

各矿曾经都有的"语录塔"也是石炭井记忆的一部分。据老人回忆，位于石炭井新华北街上的"语录塔"塔高约20米，四角安置了扩音喇叭，是那个年代石炭井地标式的建筑。当然，后来这些"语录塔"都陆续拆除了。

新华街北端，是20世纪50年代末修建的矿务局南北办公楼，后来随着矿务局大院的建成，矿务局机关也随之迁入。原矿务局南北办公楼被拆除，建成了后来的石炭井著名的地标性商业综合体——红光市场。

新华街东边那一排排砖混结构的二层楼房，原是二矿的十几栋土坯窑洞，于20世纪80年代拆除改建而成。现在被刷成白色，也作为石炭井主街标志性建筑保留了下来。但二矿单身楼以及几幢苏式建筑，已然被拆除。

到20世纪80年代，特别是红光市场的建成使用，石炭井的商业中心逐渐北移。

红光市场于1987年投入使用，占地面积约8000平方米，采用了全封闭玻璃钢瓦凉棚，能安排500多个铺位，每日客流量人次过万，在全区当时都是首屈一指的商超综合体。借着红光市场的引流作用，在西面又建了农贸市场和餐饮一条街，加上斜对面的长征综合商场，形成了一站式购物的商圈，成为石炭井稳定的商业、餐饮、娱乐中心。

城区的发展建设，是伴随着人口的增加不断发展的。随着石炭井的发展进程，人口的快速增长，到 20 世纪 80 年代末 90 年代初，石炭井人口达到峰值，仅中小学在校生就有 2 万多人。大街上人来人往，热闹异常，尤其是早高峰和晚高峰，上下班的工人和上下学的学生都走在大街上，更是摩肩接踵、熙熙攘攘。

石炭井是典型的移民城市，其最大的特点就是包容性和开放性。石炭井人不欺生、不排外，通过语言、饮食、习俗、生活习惯等多方面不断地交流融合，呈现出多元化的面貌，形成了"外省人文小区"的特点，使得石炭井充满了欣欣向荣的活力。因为石炭井有着天南海北的人，因此和外界交流多，眼界开阔，穿衣打扮也显得相对时尚。他们在服装的款式、面料上也比纯农业地区的居民要现代、新潮一些。二代石炭井人，普通话都特别标准，在普通话还没有那么高普及率的时代，显得特别"洋气"。

石炭井在很长一段时间内，各项事业蒸蒸日上，工人收入比其他地方要高，居民的生活习惯、消费观念等等，也都更前卫一些，因此，被冠以矿区"小上海"之称。

石炭井有不少缝纫店，裁缝师傅量体裁衣，手艺精湛，做的衣服精细合体，生意都很火爆。很多人都选择在裁缝店做衣服。

我小时候的衣服都是母亲踩着缝纫机做的，后来随着市场的繁荣，买成品衣服，再也不穿手做的衣服了。到石炭井工作后，一时新鲜，在长征综合商场买了布料，送到一家有名的裁缝店，订做了一件中山装和一件西装。当时裁缝很仔细地量了尺寸，跟我反复商量款式，特别认真。等我拿到衣服后，做工考究，款式经典，一上身，就跟长在身上一样，特别合适，立刻觉得自己精神了几分，特别喜欢。

多年后，在上海南京路的裁缝店里看到定制一件西装的价格，突然想起 30 年前在石炭井定做衣服的往事，不由心生喟叹。

石炭井的国营理发店也很有故事。在我的印象中，老辈人的理发，都是那种走街串巷的剃头匠。中华人民共和国成立后，各行各业都实行了国有化，理发店也一样。

1964 年，在新华北街成立了石炭井首家国营理发店，名为"石炭井理发部"，第二年又改名为"春雷理发店"，有 7 名职工，是甲级理发店。

我到石炭井的时候，这些国营行业都在市场经济的浪潮中被淘汰了。但单位的老同事时常讲起，并告知我一个老师傅现在还在长征综合商场西侧的楼下自己干。一天无事，我便去体验了一下老师傅的手艺。理发的细节已经忘了，但是刮脸环节，令我终生难忘。毕竟是国营理发店退休的，老师傅也穿着白大褂，一举一动的做派里透着职业的尊严感。给我理完发后，见我一脸毛胡子，便问我刮不刮脸，我说刮。老师傅将厚重的椅子后背放平，我往那儿一躺，一块热得恰到好处的毛巾就呼到我的脸上，换了三块毛巾，才捂透了，很快我就像吃了瞌睡虫，舒服得眼睛都睁不开了。老师傅一只手拿着剃刀在荡刀布上来回荡着，另一只手摸着我脸上的变化，待软硬合适的时候，便上手刮起来，有一种麻乎乎、痒酥酥的过电般的感觉，舒服极了。刮完后，感觉脸是新长出来的一样轻快。后来，我就迷恋上这种感觉，便经常去刮，每次都特别解压。

有一回在银川，突然想刮个脸，按石炭井老师傅的标准找了很多理发店，没有一家有这个服务的。"托尼"们都拿出一把吉列剃刀，我一番描述，他们目带鄙夷地说："从哪里学来的这贵族毛病？"

我说："石炭井。"

后来看电影《梅兰芳》，主角十三燕半躺在椅子上，脸上蒙着一块热毛巾，王学圻操着一口地道的京腔说："这热毛巾往脸上一搭啊，您猜怎么着？着啦。"我立刻回想起石炭井那位善于刮脸的老师傅，但往事也只能回味了。

在文化娱乐生活相对单调的年代，石炭井的文化体育活动却是相当活跃，并很早就建有灯光球场，这也是城市化的一个重要标志。除每年举办文艺会演外，各系统内时常还举办文艺、体育赛事。当时举办最多的就是篮球比赛，而且经常还会邀请外省球队来石比赛，很受广大群众欢迎。

中小学每年的田径运动会，也是一道风景线。早期，为彰显学校的精神面貌，还会组织仪仗队和运动员组成方队，高举彩旗，上街游行。家长和闲人们关注度很高，很多人会一路跟随，进行围观。

电影院是最重要的文化场所，每个矿都建有电影院，场次排得也很满。电影票便宜，几乎场场爆满。学校也把观看有教育意义的影片纳入教育活动范畴，经常组织学生观看。

露天电影也是文化匮乏时代特殊的记忆，很受大众欢迎。石炭井的露天电影频次也比较高，广场台前挂着白色的幕布，前面是密密麻麻的观众。

直到电视的普及，电影热才慢慢减退。

爱读书也是石炭井人的一个特点，当年石炭井的图书发行量居全市之冠，人均藏书量也是全市最高的。不仅辖区政府有文化馆、图书馆，矿务局也有文化宫和图书馆，各矿都建有图书阅览室。每逢节假日，新华书店就成了人流最密集的地方。石炭井新华书店的旧址一直保留至今，只不过再不会有当年的景象了。

石炭井的餐饮也很有特色，有各种风味小吃。平民消费的小酒馆也很多，红光市场里原有一家重庆酒楼，其菜品麻辣鲜香，令人印象深刻。但石炭井最出名的快餐是烩肉和凉皮。

说起石炭井的烩肉，就不能不提马莲滩烩肉。去石炭井要路经马莲滩，很多司机都会停车打尖，吃一碗烩肉再到石炭井。石炭井城区也有很多烩肉馆，三矿汽车站的烩肉馆就特别有名。后来随着石炭井式微，马莲滩这个中转站就消失了，但马莲滩烩肉这个品牌在大武口保留了下来，几家马莲滩烩肉馆子的生意都很好。

石炭井的凉皮店众多，以厚和汤多著名。石炭井人去楼空了，但被石炭井人带到大武口的凉皮子却火爆起来，一住宅、三住宅等凉皮成为品牌，因此还催生了大武口的凉皮节，名响一方。

以上如烟琐事，都是关于一个城的记忆，零碎但不失美好。唤起这些记忆的原因，是因为这座城已然消逝，不复往日景象，怀念逝去的美好事物，大约是人的天性。

石炭井因煤而生、因煤而兴、因煤而衰，其由诞生而至兴盛、由兴盛而至衰败之间转化，虽然有些快，但也符合事物发展变化的规律。很多人都将石炭井定位为煤城，我却有些排斥这种说法。石炭井的价值绝不仅仅在于有着丰富的煤炭储量，一大批来自五湖四海的优秀者，使得这个地方变得不简单起来。他们充满激情的生活态度，艰苦卓绝的创业经历，以及用勤劳双手建设美好家园的忘我姿态，构建了特殊的人地关系，造就了一方石炭井人，让石炭井有了区别于其他地方的独特魅力。

石炭井由原来的有天下人，变成了现在的天下有石炭井人，多少有些令人伤感，但流散到天涯海角的石炭井人，提起石炭井，绝不只是一个煤矿，而是深情地称它为故乡。

忽有故人入梦来，回首河山已是秋。

历史的车轮碾过，曾经的繁华黯然落幕，留下的除了遗迹，还有根植于石炭井人内心的怀念。

# 石炭井旧日时光之如烟琐事

32 年前的事，很多已经模糊了。

但第一次去石炭井，班车被山洪堵在沟口的情形却历历在目。

当时太阳很好，天上没有一丝云彩，朗朗乾坤，竟有山洪断路，超出了我的认知。

左右打听，一个老汉说上头山里有暴雨，水冲下来了。

一车人就坐在车上等。

那年头司机的权力大，他不开车门，像是怕放出去收不回来一样，其他人请求也没有用。

大家都被晒得蔫蔫的，只能拉开车窗透气。

很多人靠在座椅上打盹，也有拿出一本书来看的，都一副事不关己，高高挂起的样子。

我是头一回来，东张西望，一切都很新鲜。

远远看见山洪很壮观，浊流滚滚，从两山之间的沟底奔涌而下，公路桥过水不及，泥水冲上路基，将路面淹没，堵了一溜大车。

等了半晌，水似乎小了点，泄洪桥的轮廓能看出来了。

一辆卡车耐不住性子，率先开到桥边，想涉水而过。

旁边围了一圈参谋，有指挥的，有阻拦的，意见不统一。

但那辆卡车显然是打定主意要涉水而过了，跟小猫逮鱼似的，爪子不断地试探着，一点一点下水，挂着一挡，随时准备退回来似的轰鸣着开进洪水，一过半程，立马加大油门，卷起很大的浪花，轰轰烈烈地过去了。

受到鼓舞，一帮人欢呼起来，纷纷行动，一辆接一辆涉水而过。

我觉得班车的底盘可能比卡车低，未必能过，正琢磨呢，我们的班车也隆隆开过去了，司机叼着烟，很牛的样子。

过了沟口，就进山了。

有一段路是在悬崖峭壁下行进，嶙峋的山崖扑面压来，感觉很刺激。

车在山里兜兜转转，终于在爬上一个大长坡后，看见了"石炭井欢迎您"的横幅，心胸为之一宽。

进入城区后，街道两边都是楼房，路上人来人往，一派繁荣的景象。

车停在了长途汽车站，进出的人很多，这是一个忙碌的车站。

下车后，走在马路上，感受着这个小镇的气息，有种似曾相识的感觉。

看见一家冷饮店，好像是叫北冰洋，出售冰激凌、雪糕、刨冰、酸梅汤等饮品，花样之多，不输银川。

我要了一碗酸梅汤，一种莫名的喜悦涌上心头。

卢梭说，人生而自由，却无所不在枷锁之中。不知是出于对卢梭的误解，还是少年不识愁滋味的轻狂，在石炭井的大街上，我感受到了自由的味道，类似那种怀揣着大把钞票走进了商场的感觉。

到石炭井后不久，我就发现两样东西特别多，公厕和澡堂。

公厕多，应该是人口密度大、居住集中的原因，简直可以用三步一厕、五步一所来形容。

澡堂子也好理解，在煤矿上班，不管下不下井，都一身黑，必须得洗，是刚需。

但似乎还不仅如此，那些不在矿上工作的人似乎也热衷于泡澡堂子，而且三五成群约着一起去，跟逛街似的。石炭井的澡堂子，又多，又方便，淋搓齐全，还很便宜，可谓多快好省。

一些大点的单位也都有自己的职工澡堂子，跟职工食堂一样。

我到石炭井洗的第一个澡就是在原矿务局门口的一个澡堂子。

里面池子很大，热水池、温水池、凉水池，边上还有一排淋浴的喷头，我淋浴完赶紧穿衣走人，压根儿就没想下池子泡。

其他人则不一样，赤条条、大咧咧地在澡堂子里溜达着，浑身散发着满不在乎的自信。先在热水池里泡一阵，等烫透了，再慢条斯理地坐进温水池，长吐一口气，湿毛巾往额头一搭，旁若无人地闭目养神。把茶杯子往旁边一墩，仿佛要在水池子里美美地睡上一觉。

水饱茶足之后，懒懒起身，踱到搓澡区，一声吆喝，立马过来一个师傅，噼里啪啦，行云流水般，搓一个透。

这一套下来，少说一个小时，神仙的滋味，不过如此吧。

那个年代，家里几乎都没有洗澡的设施，要去洗浴，都是公共澡堂子。

有篇文章说，古罗马是毁在洗澡这个奢靡享受上的，我觉得澡堂子对于石炭井的意义，不亚于古罗马之于浴文化。但石炭井的澡堂子显然和古罗马不是一个概念，对于矿工来说，洗澡就是工作的一部分。

但很显然，爱泡澡堂子已经延伸到工作之外了，就像爱拉弦子爱唱歌、爱打麻将爱听戏一样，泡澡堂子也成了一部分人的爱好。很多人可能一次井都没下过，但就是单纯地爱泡澡，尽管多多少少透露出一些追求享受的痕迹，但对于平淡的生活来说，这点爱好，似乎是心灵的一个慰藉，外面大风大雨，至少可以在澡堂子里偏安一隅。

有些人在泡澡堂子这件事上，跟下馆子一样，没吃过的馆子都想尝尝，没泡过的澡堂子也都想去泡一泡。并且张嘴就能说出每个澡堂子的特点来，池子的大小，水温的高低，哪个时间点最佳等等，根据心情，选择不同的澡堂子。

我们单位也有澡堂子。

一天下午4点左右，一把手吩咐锅炉房把澡堂子的水烧上，特地叮嘱水温要高。然后叫几个副职一起去泡澡，正好我在旁边，领导很亲民地让我也走。

我不想去，至少不想和领导们赤裸相对，但没敢推辞，只好跟去了。

单位澡堂子虽然不大，但干净整洁。可能消毒液放多了，一池子水荡漾着碧蓝的波光，辉映着四周的马赛克，也有那么点儿富丽堂皇的意思。

在石炭井泡澡堂子，都是以耐高温为荣，以下温水池为耻，那潜台词就是，连个热水池子都下不了，算什么爷们。

几位领导都挺着大肚子下了水，两腿立马被烫得通红，老哥几个还在龇牙咧嘴地夸赞，今天这水可以。

我伸手一探，烫得缩了回来，忙说："我等等。"

一个副总壮硕白皙，一头银发，比一把手还有派头。

他不屑地看了看我，昂然下水，仿佛给我上课似的，滋地吸了一口气，便将全身埋入水中，一头白发在水的浮力下，妖娆地飘荡在碧蓝的水面。如同松散但又有组织的摇曳着的水草，一颤一颤的。

半晌，哗地站起，像鲨鱼破水而出，大叫了一声："痛快！"

看着他被烫得通红的手和刚在水中漂荡的白发，我脑海中突然浮现出两句名诗："白毛浮绿水，红掌拨清波。"

后来每次涮火锅，我都会想起那位热气腾腾的副总。

万万没想到，后来我也变成了他们，慢慢也喜欢上了泡澡，而且每次必先进热水池，在烫得发疼之际，怀念一下我的那几位老领导。

石炭井也算是熟人社会，澡堂子这么美好的地方，自然也成了社交场所。洗澡赫然成为一种社交礼仪，我经常在宿舍或者路上被人问，洗澡去不？就像问你吃饭去不一样自然。

情绪不好时，喜欢独去，默默地在水里泡上许久，会好很多。

高兴时，哥们几个一起去，大家坦诚相见，耍一阵子水，互相搓搓背，其乐融融。这一点爱好和享受，是在石炭井最美好的记忆。

入秋，和北方大部分地方一样，家家要忙两件事：储存冬菜和煤炭，就像大雁南飞一样，几乎是刻在基因里的习惯。

冬菜一般都是大白菜、萝卜、葱、辣椒、土豆之类，细致的还要做西红柿酱、辣椒酱以及各类腌菜，基本上都是女人的活。

北方很多地方冬季取暖都是火炕，石炭井基本都是火墙。火炕主要是解决睡觉时的取暖问题，所谓的老婆孩子热炕头。火墙却类似于暖气片，解决室内取暖的问题。火炕一般都是用柴火、牛粪之类的燃料，讲究的是文火。火墙一般烧的都是煤炭，火力越旺效果越好。煤的选择就很重要，有烟煤和无烟煤两种可选。在没有天然气、没有集中供暖的年代，无烟煤就相当于清洁能源，火力足、热量高，几乎没有煤烟。冬天烧起来，屋里温暖如春，一点儿不比现在的暖气差。大冷的天从外面进屋，往火墙上一靠，整个人顿时就暖了过来。火墙是通过炉子烧起来的，一个炉子加一道火墙，屋内的温度不但能保证，而且还特别有生活气息。在炉子上烤土豆、地瓜、馒头片或者炖肉，也是生炉子年代的美好记忆之一。

砌火墙、烧火墙、清理火墙都是一门技术。长期烧烟煤，又不按时清理，还可能引发煤尘爆炸，引发事故，这样的惨剧在早期时有发生。后来引以为戒，在火墙底部都留有一块活动的砖，及时清理煤灰，此类事情就很少再有了。

因此家里烧什么煤，不仅要考虑热量、挥发分、灰分、煤烟等数据问题，还要关注安全问题。压不好炉子，还容易产生煤烟，引起一氧化碳中毒，这是烧煤取暖年代常有的事。

另外，烧什么煤，它不仅关乎生活的质量，还关乎着脸面。就像到了茅台镇，二锅头固然也不错，但不喝个茅台，总觉得有点遗憾。同样，在石炭井不烧点好煤，似乎也有点没面子。所以但凡家境殷实的，一般都要从汝箕沟拉一车无烟煤来，名为太西煤，俗称钢炭，堆满煤房，让人有家中有余粮般的踏实感。

其实，大部分人家都是就近买点烟煤块，过冬也没问题。好的烟煤块，和钢炭差得也并不远，毕竟都是煤嘛。

卸煤运煤是体力活，一般归男人管。每次家里拉炭，是一件大事，要提前约同事朋友帮忙卸车，相互帮工，在石炭井几乎是约定俗成的事情。

卸完煤照例是要喝一场酒的，女人提前采购，煎炒烹炸，焖熘熬炖，得忙乎大半天，不像现在，饭馆里订个桌子就得了。

一般都是黄昏，司机很牛，叼一根烟，端一杯茶，在旁边指指点点，是不参与卸煤的。

平时懒点无所谓，但给人帮忙偷懒耍滑会被吐槽的，因此个个向前。煤卸下来后还要搬进煤房码放整齐，得忙活半天。不常干活的人，得出一身大汗，算是重活了。

我属于能吃苦但不耐劳型的，虽然内心惧怕劳动，但又不会拒绝，就像课堂上生怕被提问，偏偏每次都被叫起一样，因此，但凡同事家拉煤，卸煤队伍里总是有我的身影。又怕人说偷懒，每次都累得像狗，坐在酒桌上动都懒得动了。

主人也清楚，因此热情招待，还要夸："这小伙子今天表现不错，来敬你一杯。"

大家都累，纷纷举杯解乏，吆五喝六的，一直会持续到深夜。

石炭井体育迷很多，不只是足球、篮球、排球、羽毛球、乒乓球，似乎所有的体育项目都有人迷。

我最爱看的体育节目就是短跑，十几秒就解决战斗，激烈程度却是空前的，有极强的观赏性。尤其是短跑传奇迈克尔·约翰逊的比赛，我每次都激动不已，而且一定得站起来看，坐着看感觉使不上力似的。约翰逊的脖子上晃荡着标志性的金项链，似乎是他强大的爆发力和惊人的奔跑速度的引擎。后来，我在银川南门汽车站的地摊上发现了约翰逊同款金项链，一番讨价还价，花10元买了一条，每次踢球都戴着，感觉充满了力量感。

一次，单位领导看见，我被请到其办公室，我们进行了长达一个小时的关于人权和自由话题的讨论，最终以我灰溜溜摘下那条破链子而告结束。

隔壁宿舍的燕子也对我的金项链很感兴趣，一次吃饭的时候凑近了看，像发现新大陆似的喊了一句："你的金项链掉色啦。"

我淡淡地回道："掉了好长时间了。"

继领导和女同事的关心后，锅炉房的大老严也对该项链重点关注了。

大老严是我的忘年交，原是井下工人，矿上因减员增效，就把年龄偏大的他分流到我们单位锅炉房，也有让老同志轻松一点儿的考虑。

大老严虽然年龄不小了，但身体很结实，挥锹烧锅炉轻松自如。他思想是个老古板，看啥都不顺眼，还特别爱管闲事，老和"非主流"碰撞，张嘴就是批评，大家背后都叫他"严烦人"。

大老严却不自知，总是保持着衣冠整洁、神色威严，相信你从没见过这么有派头的锅炉工！我一有时间就爱溜到锅炉房，喝他的大砖茶，逗他玩。

一次踢完球，特别渴，想起大老严的大砖茶，就去锅炉房找他。

大老严正在熬茶，一眼看见我戴着金项链，马上开炮："你弄啥呢这是，谁家男的戴项链，赶紧摘了。"

我拿起大老严的哈德门，点了一根："活得不如人，抽的是哈德门。"

这是大老严的口头禅，每次抽烟都咒语似的念一遍。大老严笑骂："高级人你别抽啊。"

我一把扯下金项链，对大老严说："假的，踢球时戴着玩的。"

大老严接过去看了看说："颜色都快没了，总买个铜的戴上嘛。"

"你不是说男人不能戴吗？铜那么重，脖子还不得勒断啊，要戴就戴铝的，轻。"

大老严说："戴金就不觉得重了，越重越骄傲。"

我说："不懂了吧，流氓土豪才戴金子呢，正人君子都戴铝的。"

"金的你戴得起吗？以后别戴了，不三不四的。"

"行行行，再不戴了。"说罢我顺手把它扔进了锅炉里。

一天大老严从银川回来，脸上添了几条瘢痕，还在渗血。配上大老严严肃的黑脸，显得特别可笑，就逗大老严："又被谁给抠了？"

大老严瞪我一眼，气愤地说："现在的人不知道都咋了。"

原来在银川汽车站，看见一个染了一头黄发的女青年，特别扎眼，大老严又犯了管不住自己嘴的老毛病，冷嘲热讽道："这是哪个国家的？把头整得跟个鸡窝一样，不要忘了自己先人。"

声音成功地传播到了黄毛的耳朵中，她立刻作出反击动作，扭头就大骂："你管我！"

大老严吃了一大惊，没想到一个丫头片子嘴会这么脏，堂堂一个工人老大哥，哪受过这个，勃然大怒："咋说话呢？有人养，没人教的玩意儿。"

黄毛一步冲到大老严面前，手指头直接指着大老严的眼窝子问："你骂谁呢？"

大老严一把拨开黄毛的手，黄毛见老头动手了，对着大老严就是一阵乱挠，大老严虽有一张欠嘴，手却很善，面对黄毛的进攻，顿时慌了手脚般地东躲西躲。虽有一身功夫，但面对一丫头片子，终究没敢使出来，于是斯文扫地，最终胡乱抵挡了几下，哎呀哎呀地转身败走了。

黄毛见大老严是一个白头翁，便没有继续，嘴里乱骂着走了。

我安慰道："你可能碰上小混子了。"

大老严骂道："成啥世道了，一个头发黄成这样的，丢先人。"

我说："你就当孙子打爷爷了。"

我顿了一下继续说："但不得不说，小太妹有一句话是对的。"

大老严瞪眼道："她哪句话对？"

我说："你就是狗拿耗子多管闲事。"

大老严的如来神掌随即就朝我招呼了过来，我使出燕子三点水，飞遁而去，远远喊了一句：

"大老严，你个窝里横。"

在石炭井，工作之余，大部分时间我们都泡在足球场上。踢到天黑去泡澡，泡完澡喝酒，喝完酒打双扣。

结束这一套程序，就是夜色深重，繁星满天了。

一年暑假，几个旅游的意大利人来到了石炭井，吃饭时遇到一起聊天。正好世界杯刚结束，很快就聊到了巴乔，说起意大利在四分之一决赛中倒在点球大战上的事，为巴乔的最后一届世界杯遗憾。有一个哥们儿是法国球迷，直言意大利实力不如法国，说齐达内比巴乔硬多了，这让意大利人很不快，嘲讽中国足球，把几个爱国青年给惹急了，说要不踢一场？意大利人也不含糊，痛快地答应了，于是，石炭井中意足球友谊赛就在二中的操场上开赛了。

二中的球场其实就是个操场，煤屑铺成，尺寸也不够大，球门没有球网，两个铁框框。由于意大利队人数不足 11 人，比赛改为了 8 人制足球赛。

开赛前，双方整队入场。裁判特意强调了友谊第一，比赛第二。意大利人很正式地唱了意大利国歌，我们随后唱了中华人民共和国国歌，然后正式开球。

一唱国歌，那就是国际比赛了，什么友谊第一比赛第二，双方火力全开，猛冲猛打，一点儿面子都不讲。

意大利是足球强国，我们也是意甲的球迷，做梦都没想到，还有机会和意大利队干上一场，所以跑动积极，争抢玩命，一直压着意大利队打。意大利人的体能显然跟不上我们的节奏，虽有两个技术很好的，但被我们死盯住，很难拿到球。小范更是猛得不行，索性光着上身，浪里白条一般穿梭在球场，展现强大的盘带功夫，最终上演了帽子戏法。

我抽空对小范说："踢个球，至于这么拼命吗？"

小范抹着头上的汗说："太热了。"

随着终场哨声响起，比分定格为 11：3，我们本来觉得能赢，但没想到能赢这么多，能在石炭井给意大利人上一堂足球课，实在是太开心了。

输球后的意大利人表现得很大度，没有抱怨球场，也没有提主客场的事，而是热情、礼貌地跟我们做了告别，并竖起大拇指夸赞道："石炭井是个好地方。"

# 石炭井旧日时光之冷三的罗曼史

冷勃，二矿子弟，打小不爱念书，中学混结束后，走后门混了个技校。一出技校门，又走后门到三矿当了工人，除了娶媳妇，人生大事已定，老冷算是松了一口气。就一个宝贝儿子，老冷当年翻烂了字典，才选出一个勃字来。以期前途宏伟、光耀门楣，寄托了老冷的厚望。

冷勃人如其名，长得壮硕蓬勃，什么事都不操心，是个快乐青年。他天生大嗓门、大饭量、大酒量，江湖人称冷三大，喊着喊着，就喊成了冷三。虽然姓冷，但人一点都不冷，嘴巴死甜，一天天姐姐妹妹的乱叫，深得妇女儿童的喜欢，都说他应该姓热。

粗犷的冷三，却长着一对闪烁着快活光芒的小眼睛，时常冒出的青春痘将其小眼睛簇拥着。为了美观，冷三经常对着镜子挤痘痘，但按下葫芦浮起瓢，此起彼伏、层出不穷，令冷三的青春烦恼期无限增长，便不停埋怨生产厂家，生他的时候指定吃啥药了。时间一长，整得冷妈也觉得是自己的失误，老是回忆怀冷三时是不是吃错了东西。冷爹安慰儿子："结婚就好了。"

冷三对男性是没有耐心的，一言不合就抡起沙包大的拳头，狂妄暴躁、痞气十足。工友懒得惹他，对他都很客气，小的叫他勃哥，老的叫小冷，没人敢喊他冷三。

一次，丰安北街新开了家早点铺，为彰显分量足，挂了个一次能吃 60 个包子者免费的牌子。

冷三一看，笑道："又一个单纯的老板。"

便连续去了 7 天，每次吃完 60 个包子后，还要喝碗蛋花汤，名曰灌缝子。

第 8 天，牌子不见了，冷三邪魅一笑对老板说："我吃不死你。"

冷三念书不咋地，干活却是把好手。他会干巧干，往往四两拨千斤，加之不惜力，矿上的工作手到擒来，深得领导同事赞赏，因此在单位冷三的头颅一直是高昂着的。石炭井工人，收入比较高，又是正式职工，大都有着很强的职业自豪感。冷三很典型，一点都不装，非常牛气，在他的意识里，他就是国家的人。二十出头的冷三，正是狂妄的年纪，精力又严重过剩，除了上班，就四处游荡，家里根本搁不下，像条野狗。

在石炭井，喝酒是交朋友，也是发泄过剩精力的主要方式之一，尤其是年轻人。我们情况相仿，就经常约到宿舍喝酒。酒大多数是铁盖银川白，菜更简单，一般是花生米、胡萝卜丝，有个烧鸡，就是硬菜。发工资或逢着节庆，才下个馆子。

当时石炭井喝酒，开场每人先干一口杯，约 3 两的样子，然后再进入下一个环节。若有鱼，还要头三尾四，高看一眼等讲究。酒量差的，往往菜还没来得及吃一口，就"现场直播"了。如果一场酒局没放倒一两个人，等于白喝了。

冷三好斗，也是个仪式感很强的人，有他的酒场子，所有流程概不能免。他还爱发烟，扬言自己是"塔山"不倒，口气比脚气都大，一副英雄脚臭、好汉屁多的做派。但冷三的嚣张坦坦荡荡，带有几分侠气，倒有几分可爱，我们就喜欢和他一起玩。但，也有人看不惯他。

一次，酒过三巡，冷三便一副舍我其谁的样子，满桌子就听他一个人嘚啵了。区政府一个人就对左右说："小伙子挺狂啊，咱今天就量一量他的酒量吧。"

旁边一眼镜哥早就按捺不住了，立马附和道："好啊。"

冷三啪地一拍桌子说："东风吹，战鼓擂，喝酒划拳谁怕谁。来，咱三拳两胜一窝子，谁不喝谁就是驴。"

大伙顿时来了兴致，看热闹不嫌事儿大，立刻推波助澜，两下里就厮杀起来，你来我往，不一会儿一瓶子就见了底，还没分出高低。

冷三面红耳赤地，亮出狮子吼，五魁首六六六的，声嘶力竭，房顶差点没被掀掉。

几位都是杜康投胎、刘伶转世，个个青筋暴起，声如洪钟，轮番进攻下，冷三渐现颓势。突然，他瞄见一个往茶杯里吐酒的，上前一步，一把抓住对方的大拇指，大喝一声："让你尝尝工人阶级的厉害。"发力一掰，对方立刻惨叫连连。

眼镜哥见冷三出手毒辣，斯文也不要了，挥拳就奔冷三面部而来。冷三慌忙松手抵挡，刚挣脱手指的这位，抬脚就踢，瞬间战作一团。双方都在嘴里问候着对方的祖宗，尽情地展示着自己的低素质。

酒桌上言语冲撞虽然常见，但喝成武打片的极少，因为总会有人维护秩序，把冲突限定在可控范围内。这次大意了，一不留神，酒场变成了战场，虽然在大家的全力阻拦下，最终将几位鼻青脸肿的爷送走了，但也深感丢人，再羞于提起。

一中张文彪，素有酒名。平时很谦和，但三两过后，就变得金刚怒目，和平时判若两人了，当得起一个彪字。

冷三久闻大名，心中不服，一心想拿下张文彪，算是扬名立万了。

斗酒不能光靠量大，还有划拳高低、状态发挥、心理素质等因素，为此，冷三没少做功课，特意把拳路改为一四七拳，日日辛勤练习。我说他："上学时有这个劲儿，咋不也得考个宁大。"

初冬的一个下午，冷三带着两坛子五斤装的高粱酒，来到我宿舍。

我们也想看热闹，便积极组织。老金去请彪哥，阿牛和小浙子弄菜，我和冷三去食堂借来餐具。

菜很硬，牛羊鸡肉之外，特意又整了一盘子白灼虾，有点海鲜的意思。

开喝的时候都8点多了，彪哥长我们几岁，最爱讲酒文化，一直强调酒品见人品，他定了这么个调，大家都不好意思赖酒了，结果第一关还没结束，小浙子就"现场直播"了。

打第二关时，我说喝不动了。

张文彪已经兴奋了，也不是原来的他了，嘲笑我道："才喝这么点就不行了，算啥男人？"

为了留在男人的队伍里，我振作起精神，跟他又来了"一年"的，喝完我直接就栽倒在床上，不言不语了。

睡了一会儿，剧烈的划拳声把我吵醒，睁眼一看，还有三个人在喝。

我迷迷糊糊又睡过去，梦中全是划拳喝酒的场景。

突然，有人摇晃我，迷糊中看见冷三和张文彪说要走了，我看了一下表，凌晨3点过了。

翌日，冷三旷工一天。

张文彪确实厉害，准时出现在了讲台上，当他低头翻教案时，突然一声干呕，吐出一只整虾来，学生先是愕然，继而大笑。传到校长耳朵里，张文彪被好一顿收拾。

这一仗，冷三虽然没有成名，但张彪因那只虾倒名声更响。

冷三对喝酒始终严格要求自己的态度，一直为我们所称道，谁要一耍赖，我们就说看看人家冷三。成了榜样的冷三，神情立刻庄重了三分，更加杯杯见底了。

等冷三喝到八成，我们就怂恿他讲翻过寡妇家院墙的事。冷三是讲故事高手，擅用白描手法，有声音，有画面感，夹叙夹议，生动感人。他审美的天花板是电影演员，夸赞寡妇长得就跟电影演员似的。

好像是个中秋节，冷三又跑来喝酒。三巡过后，大家又把话题拐到寡妇身上。

冷三小眼睛放出异样的光彩，压根儿没提寡妇，而是得意地说："哥们儿看上一妞，大学生，医生，哎呀，美得不可方物，长得比电影演员都好看。"

我们笑道，又是电影演员。

冷三戳着自己的心窝子说："被丘比特射中这里了。"

原来医院新分配来了几个大学生，其中一位肤白貌美大长腿，冷三一见，惊为天人，口水顿时连咽了几大口，七魄刹那间剩了一魄。冷三都打听好了，美女叫芦英。被荷尔蒙左右了的冷三，一有时间就泡在医院，专门找芦英看病。

芦英初为医生，工作热情极高，见这么热情的病人，便很亲和地问："哪儿不舒服啊？"白齿红唇近在咫尺，冷三心猿意马，也不知道哪里不舒服，随口说："头晕得很。"

芦英细心检查，望闻问切一番后得出结论："没啥大毛病，给你开点药，多休息休息就好了。"

冷三回去后，真病了。满脑子都是芦英的盈盈笑脸和白大褂下曼妙的身姿，冷三被焦灼的心绪折磨得坐立难安，只有当闻到医院里的来苏水味，才猛然透过气来。

冷三很快就掌握了芦英的情况，她在大学就有了男朋友，姓文名远，政法学院的高才生，毕业后分配到石炭井区政府工作。芦英为追随文远，费尽周折才分配到了石炭井，双方已经见过家长，在谈婚论嫁了。

我见过文远几次，高大帅气，衣着讲究，言谈举止很有教养的样子，成熟度明显高于同龄人。据说是个官二代，总体感觉人不错，素质这一块儿可以说全方位碾压冷三。

冷三虽然豪侠直爽，不拘小节，但和文远一比，就是个土包子。两人抽的烟虽然都是红塔山，但红塔山在文远手里，就和谐自然，不像冷三，每次斜叼着红塔山的时候，总感觉有点像光膀子系领带的感觉。

冷三的思想里却没有这些条条框框，什么王权富贵、戒律清规，在冷三眼里什么都不是。他天天泡在医院，缠着芦英，要求住院，弄得医院里人人都知道，有个癞蛤蟆在追天鹅肉。

文远也听说了，专门问过芦英，芦英不屑地说："别侮辱我了，一个大老粗，我怎么可能看上他？"

芦英说得轻松，但文远还是有点不放心，毕竟芦英的追求者可不止一个冷三，他不敢掉以轻心，专门了解了一下冷三的情况，在实地见识过冷三的粗鄙无礼后，才把心放到肚子里。

但在这件事上，文远还是犯了自负的毛病。他首先低估了冷三死缠烂打的精神，忘记了好女怕狼缠的古训。同时，也高估了芦英坚贞不屈的意志。

在冷三的持续努力下，后来竟然真弄了个住院治疗。

住院期间，冷三全部心思都在芦英身上。俗话说，乱拳打死老师傅，冷三不讲究章法、民间小调式地乱撩，时常让芦英笑得花枝乱颤。慢慢地，芦英眼里的冷三也没那么讨厌了，甚至觉得挺有意思的。

冷三敏锐地捕捉到了芦英态度的变化，一次，和芦英说笑时，趁四下没人，一把将芦英抱了起来。

芦英气得大骂，拿起病历夹子朝着冷三就是一通乱打。冷三高举双手、缩成一团，嘴里哎哟哎哟地讨饶："我投降，我投降。"

芦英虽恼怒至极，但见冷三嬉皮笑脸的样子，气竟然没由来地消解了不少。

冷三一双贼眼却看了个明白，就像草丛中暗伏着的猎豹，一点一点朝傻乎乎的小羚羊挪动着。

一天晚班，芦英查完病房，刚回宿舍，尾随的冷三就挤了进来，一把抱起芦英，就压在床上，一番扭打撕扯后，冷三得逞了。

冷三小刀切黄油般的操作令芦英震撼不已，彻底沉沦。但二人食髓知味，一段隐秘情事就此轰轰烈烈的铺张开来，芦英竟然昏头昏脑地和冷三出双入对起来了。

冷三也是被胜利冲昏了头脑，刚给了一点颜色，就想公然开起染坊来了。也不管郎才女貌、门当户对，春风得意的他开始雄心勃勃地计划起结婚生子的事了。

虽然芦英对冷三生出了不少情感，但一说到结婚，芦英瞬间清醒了，一时的冲动，这样的局面让她不知如何是好，纠结不已。

冷三没有察觉出芦英的欲言又止，依然沉浸在胜利的喜悦中，对未来充满了憧憬。

又一个繁星眨眼月牙弯，微风轻吹树梢尖的夜晚，冷三梳洗停当，来会芦英。

芦英本想和冷三聊一聊、做个了断，冷三却不等她张口，一把拉住，在芦英的耳边说："神仙也挡不住人想人啊。"

芦英哪受得了这一套，嘤咛一声，又钻进了冷三的怀里。

风言风语越来越多，加上冷三的碎嘴，关于芦医生的风流韵事传遍了大街小巷。

难听的话终于到了文远的耳朵，他愤怒地来到芦英的宿舍，骂道："你怎么这么无耻，姓冷的哪一点比我强？"

面对文远的羞辱，芦英极度难堪，但自己确实做了对不起文远的事，也没脸再和文远继续，便流着眼泪，伤心地说："我对不起你，咱俩分手吧。"

文远本以为芦英会求着认错，万没想到她竟然提出分手，简直气疯了。他脸上阴晴不定，突然不怒反笑，拿起一把芦英用来削铅笔的手术刀，一脚踢碎衣柜的玻璃，盯着芦英说："好好好，如果这样，我就死在你的屋里，给你一个交代。"

言毕，拿起手术刀就朝手腕划去，芦英大恸，扑过去抱住文远哭道："我和他再不见面了，以后只有你一个，行不行啊。"

文远杵立半晌，咬着后槽牙说："我就再给你一次机会，这破地方我也没脸待了，我马上找我爸，把我们都调走。"

翌日，冷三到处找不到芦英，去医院一问，芦英请假了。

当晚，酒醉的冷三在离家不远的巷子口，被两个混混打成了猪头，临走时还尿了他一身："呸，癞蛤蟆想吃天鹅肉，老子撒泡尿你照照自己。"

卧床一个多礼拜，能下床的冷三便去找芦英。蹲守了三天，那扇给过他无数次惊喜的门，一直都紧锁着。

到医院打听，一老大夫告诉冷三，芦英请长假了，在办调动，具体情况不清楚。

一月后，芦英和文远都调离了石炭井。芦英信守诺言，再没和冷三见过面。

冷三大醉了几天，剃成秃瓢，天天爬到二矿边的山头上发呆。

东山的日头西山里落，心里的话儿跟谁说。

冷老爷子让我们做做冷三的工作，我去问了冷三："你到底咋回事？"

冷三麻木地说："不想活了。"

我劝道："不至于吧，看你那个怂样子。"

冷三扭头看向夕阳，脸上浮现一层土灰色。

见冷三这样，老冷回老家央求亲戚，给冷三说了个媳妇。

日子不长，给冷三说的媳妇就来到石炭井，虽不是国色天香，却也娇小秀气，一副机灵的模样。

冷三没有表态，不过看得出来，他对这个女子，并不反感。

老冷拿出家长作风，按自己的意思开始操办，给小两口弄了小院子让他们单过，冷三顺从地配合着走完了所有流程，直到送进洞房。

大喜之日前一天，我们都去帮忙，在院门、房门都贴了对联和红双喜，房门的对联是：

说你行，你就行，不行也行；

说不行，就不行，行也不行。

不疼老婆不行。

冷三看着对联，笑道："这帮坏怂，把相声说到我洞房里来了。"

婚后，冷三媳妇没有外出工作，全职在家伺候冷三和传宗接代。冷三找我们喝酒也很少了，偶尔让老婆在家里煮肉，叫我们去打牙祭。

奇怪的是，一个文弱的小女子，却将冷三这泼皮管得服服帖帖，大事小情都看媳妇的脸色。小媳妇眼睛一瞪，冷三的脸上立刻浮出一抹讨好的谄媚表情，驴气不知去了哪里。

第二年，冷三得了个大胖小子。当爹的喜悦，让冷三的狂妄姿态又有所抬头，但媳妇眼睛一斜，立时收敛起来，有了当爹的样子。

至于他还会不会想起芦英，就不得而知了。

# 石炭井旧日时光之梵·高、阿波罗和苏一刀

向晚，天空还蓝得一塌糊涂，夕阳的余晖也没有散尽，街面上的灯已经迫不及待地亮了起来，又是一个五彩斑斓的夜晚。

我骑着摩托来到阿波罗门口，调到空挡，猛轰几把油门，让摩托车发出几声尖锐的怒吼，然后熄火。

阿波罗的霓虹灯卖力地闪烁着，彰显着气派。这地方贵得要死，我一般是不来的。但袁科长说我供给他们的煤炭灰分又高了，只好请他亲临石炭井指导，在阿波罗设宴，以示诚意。

袁科长是个直人，好打交道，只要处理好两个环节，一个是吃饭喝酒，另一个是唱歌喝酒，问题就会迎刃而解。

我喜欢阿波罗的环境，亚麻色的墙壁，过道和包间都挂着梵·高的油画，跟办个展似的。灯光是热烈的暖黄色，仿佛七月的麦田，能唤起对大学时光的美好回忆。

我是梵·高迷，大二借阅了《梵·高传》，爱不释手。当年的生日愿望就是能拥有一本《梵·高传》，但遍寻书店未果，只好反复借阅，看了数十遍。一本《梵·高传》愣让我翻成了烂"毛衣"，还书时同学的脸都快掉到了地上。书非借不能读，话不谬也。

第三次去阿波罗吃饭时，突然看见苏朱莉在吧台边，便上前招呼："这么巧，你也来这吃饭啊？"

苏朱莉抿嘴一乐："这是我的饭店呀。"

我一时没转过弯来："来过好几次了，咋没见你呢？"

"非得一直守在店里啊，但一般我都在，你是专挑我不在的时候来呗。"

我一笑："这天都被你聊没了了吧。"

和苏朱莉相识大约在两三年前，也算是炒面捏娃娃——熟透了。

一天，上铺的兄弟老钟突访，这是大学毕业后我俩的第一次见面，惊喜自不在话下。他去北京出差，回程拐道看我，带了两件礼物：一本《梵·高传》和一只烧鸡。

我立刻打开《梵·高传》，是新版本，精装，散发着新书独有的淡淡墨香，没想到几年前的生日愿望在石炭井实现了。

老钟见我注意力在《梵·高传》上，便讲火车上卖的烧鸡很多其实是烧乌鸦，而他买的，绝对是烧鸡。这个知识点虽然有点冷门，但效果很好，我立马从精神转到物质，脑子还想着梵·高，手已经撕下了一条鸡腿。

晚上去红光市场的露天烧烤摊玩，每个摊位都摆着电视机和 VCD 机，就是露天KTV。撸串、喝酒、唱歌一条龙，喧闹声直冲云霄。

我是善于唱歌的，这样的啤酒摊是我的最爱。

老钟说有个新歌《向往神鹰》会唱不？

我说太会了。当我刚唱完最后一个哼鸣音，还陶醉在得意的余韵里，一女哥们儿就在掌声中过来敬酒，说："邀请你和我姐对唱一首，咋样？"

扭头一看，一位五官明朗、风姿绰约的少妇端坐在那里，瀑布般的长发披肩而下。我的心里立马蹦出个小人儿抢答愿意，嘴上却矜持地吐出俩字："行啊。"

我们对唱了《萍聚》《无言的结局》，她音准很好，但音量小、不太自信，在我的带动下，进步明显。

老板很有眼色，招呼着将两张桌子拼到一起。

我问她您贵姓，她说姓苏，苏东坡的苏。

我看着她，大眼睛，厚嘴唇，嗓音略带沙哑，虽然气质有些忧郁，但外形很像美国女演员安吉丽娜·朱莉，忧郁版的安吉丽娜·朱莉，就开玩笑说："叫苏朱莉吧。"

她笑了起来，也不更正，就叫她苏朱莉了。

回到宿舍，老钟说："苏朱莉的俩眼睛真叫一个大，不过我感觉她挺惆怅的，笑的时候都不开心，快乐显得很表面化。"

"你也看出来了？"

"我又不瞎。"

一天下午去水泉路办事，远远看见她，高挑优雅，起伏有度，很有国际范，感觉整个街都是亮的。

距离产生美，很多时候，不了解一个人反而好，可以保持神秘感。

1996 年，石炭井举办纪念红军长征胜利 60 周年大合唱比赛，所有单位都参加，极其隆重。演出是在影剧院，我们单位是百人大合唱《祖国颂》，请了石炭井矿务局文工团的铜管乐队伴奏，我担任领唱。中间有几句朗诵，我觉得词特别好，一激动，情感过头了，直接从胸腔往外喷涌：


啊，

鸟在高飞，

花在盛开，

江山壮丽，

人民豪迈，

我们伟大的祖国，

进入了社会主义时代！


下场后，我溜到观众席继续观看。突然有人捅了我一下，一回头，居然是苏朱莉。我顿觉尴尬，正为台上用力过猛懊恼呢，偏偏遇见她。

苏朱莉竖个大拇指，笑着说："挺厉害啊，气势很好！"

我支吾着把话题引开，瞎聊了几句。

香港回归那一年，红光市场啤酒摊的热闹到了顶峰，我频繁光顾，好几次碰到苏朱莉，都对唱一两首，喝上几杯。

苏朱莉每次都衣着讲究，妆容精致，好像每天都是什么重大的日子。

一次，喝多了，苏朱莉说："以后我开个KTV，请你来唱歌吧。"

我笑道："我可没有进军演艺圈的打算啊。"

可能是露天KTV太扰民，后来都被治理到室内去了，再去K歌就很难碰到熟人了。

本以为苏朱莉是过眼云烟，谁知却又邂逅在阿波罗。

看得出来，苏朱莉也挺高兴："你怎么来这吃饭？"

"来了个客户，得选个高级点的地方啊。"

"你还有客户？"

"我开了个小煤窑。"

她有些诧异："你开小煤窑？没看出来啊，在哪里开的？"

"玻璃滩。"

"一年能挣多少啊？"可能因为熟吧，她问得很直接。

"挣不了多少，开着玩。"

"开好了挺挣钱的，来我这吃饭的煤老板，哪个不一年百八十万的。"

"那我可比不了，你这餐厅应该挺赚钱吧？"

"凑合，一年也就20来万，以后吃饭，我给你打折啊。"

再去阿波罗吃饭，不但打折，茶水免费，有时还会送一道菜，性价比高了很多。

一次去得早，苏朱莉也闲着，我俩便聊天。

认识三四年了，只知道姓苏，还不知道她的大名，便问她。

她一笑："别人都叫我苏一刀。"

"嗨，挺惊世骇俗的啊，古龙看多了吧。"

"别人都说我宰人呢，刀快得很，所以叫苏一刀。"

"你为啥宰人？"

"来这吃饭的，不是领导就是老板，不宰他们宰谁啊。"

"还挺理直气壮的啊。"我笑道："不过你这里确实够贵的，贼贵。"

她眼一瞪："给你我可是打折了啊。"

"你不把我打折就算好的。"

她也笑："你们知识分子就是抠。"

我大笑着去了包间，再没追问她的大名，就叫她苏一刀。

转眼到了秋天，一天，下着雨，冷飕飕的，树叶子纷纷离开树枝，落得满街都是。

我在阿波罗请客，临走，苏一刀说："今天客人不多，请你再喝两杯吧。"

雨夜，美酒，佳人，人生如此，夫复何求？

于是欣然入座，和苏一刀对酌起来。

看着墙上的画，我说："挂这么多梵·高，了解他吗？"

"是个画家吧，阿波罗是太阳神的意思，设计师说梵·高的画代表阳光。"

酒兴正好，我便说："哥们儿给你讲讲梵·高吧，全中国可是没人比我讲得好啊，能听我讲梵·高，是你上辈子修来的福气。"

苏一刀吃吃笑道："就想打听一下，牛能吹死不？"

但还是竖起了耳朵，我娓娓开讲。

梵老哥出生在荷兰，一个大师扎堆的年代。他老子是神父，把儿子也送进了神学院。毕业后，梵·高被分配到比利时一个叫博里纳日的地方当传教士。博里纳日和石炭井一样，也是煤矿区，不过，那个时代欧洲的矿工，连驴都不如。

苏一刀说："你喝多啦？"

"没有，没有。"我继续讲。

矿工的艰难，出乎梵·高的意料，他自认为是上帝派来救苦救难的。所以不辞辛苦、日夜穿梭在矿工之间，逐渐成为矿工精神上的良药。矿工也觉得这哥们儿人不错，尽量配合他，进教堂、做祷告，相信明天会变好。结果发生了矿难，梵·高拼尽全力，却丝毫没能改变矿工悲惨的境地，直到他命悬一线倒在泥水中，也没有人出手相救，就连梵·高自己，也是一个矿工的老婆救过来的。他绝望地发现，自己是个好员工，上帝却不是个好老板，于是彻底放弃信仰，在万念俱灰中拿起画笔，聊以消遣。

苏一刀说："来，走一个。"

我一口干了，说："梵·高这种人，干啥都不要命，画画也一样。"

梵·高开始四处拜师，辗转海牙、普罗旺斯、巴黎等地学习绘画，虽然进步很大，但遭到主流艺术家的嘲笑和排挤，一张画都卖不出去。幸亏他有个全世界最好的弟弟，在弟弟的资助下，受印象派影响的梵·高，远离名利场，到法国南部一个阳光充沛的小镇阿尔，潜心作画。

阿尔的阳光不但晒秃了梵·高的脑袋，也晒熟了他的画面。年轻人情绪上来没轻没重，笔触凌乱狂放，色彩纯粹大胆，颜料直接挤到画布上去，他终于形成了自己的风格，建立了自己的绘画语言体系，成了美术史上绕不开的梵·高。

苏一刀说："向日葵是不是在阿尔画的？"

"是的，他的很多重要作品，都是在阿尔完成的。"

控制不住创作热情的梵·高，也控制不了精神的狂热。相好的妓女曾经在梵·高的怀里摸着他的耳朵说，你要是没钱，把它给我也行啊。隔天，亢奋中的梵·高割掉自己的一只耳朵，拿去给了那位法国杜十娘。阿尔的居民都说梵·高疯了，把他驱逐出阿尔，送到精神病院。他有很多自画像，其中最著名的是《包扎耳朵的自画像》。

到了精神病院，梵·高逐渐冷静下来，他的画面也开始有了冷色调。都说成年人的崩溃只在一瞬，面对生活的困顿和热情的消失，梵·高觉得生命已经没有意义，走向最后的宿命，自杀。

我往地上奠了一杯酒，说："这老哥也是个爱喝酒的。"

"他爱喝啥酒？"

"老外么，能有啥好酒，就喝个苦艾酒。梵·高烟也紧得很，不过他很少抽卷烟，主要是烟斗。"

自杀前，梵·高走到麦田里，画了最后一幅画，《麦田边的群鸦》。他说这是他对世界的告别，然后，对着自己的腹部开了一枪，刚 37 岁。

苏一刀叹了一口气："可是后来他的画价格很高。"

"是，天价。但那有什么用呢？穷真会死人，梵·高其实就是穷死的。他的价格和毕加索的作品价格不分伯仲，毕加索可是享尽了荣华富贵，他呢？画卖得多贵，他一分也没花上。生前仅卖出为数不多的画作，其中一位买主是他弟弟的朋友。就连他以后会这么出名，自己也不会知道。"

"确实很可怜。"

"梵·高也可以说是被自己的才华杀死的，如果没有画画，他肯定不是这个结局。"

我顿了一下，说："你知道梵·高的临终遗言是什么吗？"

苏一刀摇摇头。

"痛苦将永存。"

苏一刀眼中的落寞又浮现了出来，说："敬梵·高一杯，人生其实就是无数个痛苦。"

看着她郁郁寡欢的样子，我说："不用这么悲观吧，所谓生有何欢，死有何哀，人生意义各不相同罢了。"

"我就活得挺痛苦的。"

"开玩笑，你人又漂亮，还有钱花，人生赢家，还有什么不开心的呢？"

苏一刀苦笑一声，眼中的忧郁愈发深重，缓缓讲了她的故事。

苏一刀从小就漂亮，一直被男孩子追，也可能是这个原因才没考上大学。她有个闺蜜，闺蜜有个在石炭井二矿上班的哥哥，见了苏一刀，爱得死去活来，死缠烂打。最终在闺蜜的神助攻下，苏一刀升级为闺蜜的嫂子。

婚后的苏一刀，过着和普通矿工家属一样的单调生活，但对于见过世面的苏一刀来说，被界定为一个单纯的生育工具，显然是她无法接受的，所以内心的委屈在不断积攒着。

一天无事，苏一刀忽然生出看看老公是怎么上班的念头。当她打问到地方，远远看见矸石山上的电机车操作台旁坐着一个人，黑黢黢的像一块石头，觉得特别难受。等爬上矸石山上，看见老公剃了个光头特别亮，裹着一件破袄，像个叫花子蹲在操作台旁时，顿时难以自抑，抱住他就哭了起来。

虽然老公的工资也够开销，但苏一刀再也不想这么过了，坚决要出来工作。先是在物业公司干，很快觉得没前途。不甘心的她便琢磨着开餐厅，从小酒馆干起，后发展成石炭井餐饮界的顶流，算是实现了一个小目标。但不知为什么，心里总是高兴不起来。

在我看来，苏一刀开餐厅是老天赏饭吃。人漂亮，情商高，活脱脱一个阿庆嫂，想干不好都难。

醉里乾坤大，壶中日月长。聊天时间快，不觉中，已是打烊时间，服务员来示意。

我起身举杯："你可能是林黛玉体质吧，祝苏老板财源滚滚啊！"

"好吧，下次再喝。"

眼看冬天就来了，煤窑上的民工开始谈论回家过年的日子了，意味着又该给大家结工钱了。

虽然煤源源不断地运出来了，也卖给几家厂子，但钱都不好要，令人头疼。

我去造纸厂要钱，厂长说，钱没有，只能顶账，化工厂欠我钱，债务划转，你去化工厂要。看着造纸厂厂长焦黄的脸，我只好点头。

怀揣造纸厂 10 万元顶账的纸条，我辗转半天，终于在一个山里找到了化工厂。厂长说，钱没有，只有炸药。看着化工厂厂长同样焦黄的脸，我默默地揣着 10 万元炸药的提货单，回到石炭井。

打听了一圈，都说你开玩笑吗，炸药这东西，先不说卖，有人敢给你拉不？即使拉回来了，有地方敢给你放不？私自买卖还非法，你这不是瞎扯呢吗？

我一听，脑袋更大了。早知道这么难，当初就不该创业，便开始盘算着不再做了。

几天后在阿波罗吃饭，苏一刀见我愁眉不展，调侃道："失恋啦？"

我苦笑一阵，说了一遍遭遇。见我如此萎靡，苏一刀说："你把单子给我吧，我找公安局的朋友想想办法。"

我没抱啥希望，时间长了，也懒得去问。

一天，突然有人带话，说阿波罗老板让我去一趟。

见了苏一刀，她给我一个包，说："我问刘队了，怎么数目不对，他说你不要再管，就这么多。"

我打开一看，6万元。明白咋回事，但没彻底打水漂已经不错了，便拿出一沓递给苏一刀说："给你的感谢费。"

她反手塞回："干吗呀你，赶紧去忙。"

我道了谢，苏一刀说："你就不是个做生意的人，以后还是别做生意了吧。"

我点了点头，回去收拾烂摊子，很久没再去阿波罗。

直到快过年，一天下雪，约朋友到阿波罗喝酒。客人很多，打了声招呼，苏一刀就忙去了。

结账时，见苏一刀情绪很低落，我就问："要不我请你再喝几杯？"

她点点头，我们便对饮起来。

突然发现她的眼角有淤青，问怎么了，她说："没啥，磕了一下。"

我说："咋还磕出内伤了呢。"

见苏一刀沉默，便说："喝酒，下雪天，喝酒天，来，喝一个。"

苏一刀突然埋头哭起来，那叫一个伤心。

我顿时傻了，也不知道哪句话说错了，这么大反应。只好自己慢慢喝，等着她哭。

好大一会儿，苏一刀才慢慢平静下来。

我问："你哭好了？"

她破涕为笑："没事，喝。"

几杯后，苏一刀开口了："我开饭店，应酬多，形形色色的客人，都得应付。有个领导老帮我，他们单位的招待饭，都放在我这，还有他的朋友、下级，介绍了很多客户，我也挺感动的。"

"长成这样，我要是领导，我也帮你。"

苏一刀没接我的话，喝了一杯，继续说："一个煤老板纠缠我很久，经常在阿波罗吃饭，也是老客户，我就是应付着。前几天喝多了，当众乱抱乱摸，胡说八道的，我一时没控制住，被我骂了出去，人家翻脸了。"

"少一个客户也不要紧嘛，不要耿耿于怀啦。"

"可是这个小人竟然找到我老公，说我给我老公戴绿帽子了。我老公那个糨糊脑袋，就来闹事，还跟踪我，跑到人家单位威胁人家，我简直都要气死了。"

"是不是还打你了？"

她没吭声，但看她眼角的淤青，下手应该不轻。

苏一刀像是在自言自语："没想到他那么狠，拽着我的头发在地上拖。"

酒入愁肠，很容易醉人。

看着苏一刀迷离的眼神，我说："你这情绪不适合喝酒，要不今天咱就到这吧。"

"没事，再喝会儿。"

我自己喝了一杯，再斟满。

苏一刀喃喃道："想离开石炭井了。"

其实我也很快要离开石炭井了，只是没有说出来。

为了缓解气氛，我开玩笑："咋，石炭井还不够你宰的，要宰出宁夏，宰向世界啊。"

她面无表情："可惜我的心血了，不会再有阿波罗了。"

看着窗外正猛下的雪，我突然觉得特别讨厌自己。

便问苏一刀："你有没有讨厌过自己？"

"有。你不会有这样的想法吧？"

我点点头。

苏一刀叹息一声："我是生活所迫，你又是为什么呢？"

我欲言又止，也是一声叹息："一言难尽啊。"

突然意兴阑珊，我端起酒杯说："很晚了，回吧。"

苏一刀喝下最后一杯说："好。"

突然她又说："你知道不，其实我哥也叫苏一刀。"

"你哥也开饭店？你们家都宰人啊。"

"我哥是外科大夫，手术做得好，是医院的第一把刀，所以都叫他苏一刀。"

我笑道："都是苏一刀，差距咋这么大呢。"

苏一刀瞪我一眼："赶紧滚。"

好一场大雪，街道显出少有的空旷。

在路灯的照射下，风挥舞着雪花，凌乱密集，像一场盛大的演出。

我醉了，跟跄在石炭井大街，任劲爆的雪花打在脸上，有一种莫名的快感，仿佛回到了少年时代。

回到宿舍，突然胃里上翻，跑到雪地里吐了一会儿。

再躺回床上，就没了睡意。

泡了杯茶，拿起放在床头的《梵·高传》翻看起来。扉页上，有我以前手抄的海子的几句诗：


目击众神死亡的草原上野花一片

远在远方的风比远方更远

我的琴声呜咽　泪水全无

我把这远方的远归还草原


翌日，我早早去了阿波罗，把那本《梵·高传》递给正在打扫的服务员，告诉她是带给老板的书，请转交一下。

# 石炭井旧日时光之玻璃滩卷毛

小波浪第一眼看见卷毛，是吃了一惊的。

当时她正站在井口，看一辆煤车升上来。刚到地面，卷毛就一跃而上，抢起大铁锹开始装煤。一米八几的身高，两条粗壮的长腿，像座黑塔，在一帮民工中显得鹤立鸡群。

小波浪心想，这是从农村来的吗，咋长这么大。便开口问："你叫啥呀？"

"卷毛。"骡子抢着说。

果然一头茂密的卷发，在太阳下仿佛还冒着热气。

卷毛已经习惯这个称呼了，望向小波浪。见一位香喷喷、脆生生的小娘子，脸上泛起一个微笑，带了点羞涩。

小波浪忽闪着大眼睛，打量着高大的卷毛，一个大男孩嘛，扭腰走下煤堆去了。

三个女人的到来，使得民工们都活跃起来了。老曹和老万煤窑上的民工也晃达着来了。很快就都打听清楚了，这三个娘儿们是老荣煤窑的新股东。并随口给起好了外号，"老牡丹""大吉普""小波浪"。

老荣的煤窑打掘进时，出了好煤，一化验，大卡过 6000 了。老荣压抑着喜悦，长吁一口气说道："富贵在天啊！"此后气场就不一样了，收起了和蔼可亲，开始霸气外露。但终究还是差了一口气，煤窑到回采阶段该大量出煤的时候了，资金跟不上了。老荣急红了眼，四处寻找合伙人，终于在东北老家，找到了老牡丹。

老牡丹其实不老，四十来岁，风韵犹存，开着服装店，一副成功人士的派头。老荣大谈煤炭行业的致富神话，成功激活了老牡丹的雄心。

大吉普原是家庭主妇，也四十了，每天涂着红嘴唇泡在老牡丹的店里，属于打酱油的。在玻璃滩，硕大的屁股没有逃过民工的眼睛，被民工们戏称为大吉普。

小波浪刚满三十，秀发披肩，清秀靓丽。是老牡丹的客户，一来二去，三人成了闺蜜，以姐妹相称。

老牡丹心动了，觉得势力有点小，又发动了两个闺蜜。怀揣梦想的三个女人，安顿好家人，不远千里，来到了玻璃滩。

老荣的煤窑成功重启，回采开始了。

黝黑的烟煤源源不断地开采出来，老荣、老牡丹、大吉普和小波浪的欢声笑语，像一朵朵浪花，涤荡着玻璃滩的空气，就连四周的秃山，也有了些许雄壮的美感。

民工们出来就是挣钱的，老板们高兴，他们的干劲也足了，新出的煤很快堆成了一座小山。

老荣的煤窑只有一间砖房，兼做办公室、会客厅、餐厅、卧室。其余都是地窑子，民工做饭睡觉都在里面。老荣家住呼鲁斯太，骑摩托半小时，基本不在煤窑住。老牡丹三人也租住在呼鲁斯太。

老荣对三姐妹说，万里长征只剩下最后一步了。老牡丹三人信心十足，筹到的钱都投入煤窑了。但煤窑的开支很大，资金主要用于维持煤窑的生产及销售时的请客送礼。民工的工钱，还得靠卖煤才能支付。所以煤山换成票子，成了当务之急。老荣便带着三个女人日夜穿梭在石炭井、大武口的酒馆、歌厅之间。

酒喝了很多，歌厅也没少去，但煤还是没有卖掉。客户总在最后一刻找出问题，不是大卡不够，就是灰分太高，要么含硫量超标，连民工们都听得着急了起来。

中秋节过了，工钱还是遥遥无期。这拨人大多是过完年就来的，除端午节发了一点工钱外，再一个子儿都没见。老牡丹们也意识到长征的最后一步没有想象的好走，心情逐渐晴转多云，多云又转阴了。

整个煤窑里弥漫着悲观的情绪，不过生产还在继续。

一天夜里，老王发现老谭和骡子不见了。

一查，十几袋子面粉被偷偷卖掉，换成了煤末子。再一查，十几大桶柴油也被卖掉了，深埋着的炸药也被卖掉了，扳手、管具、钢钎等一批工具也不见了。

老王慌了手脚，拦了一辆煤车，奔呼鲁斯太报告去了。

老荣一听，立刻喊了人，携带铁棍，分头骑着摩托车，连夜杀奔石炭井车站。天快亮了，还是遍寻不见。有人提醒，可能从大磴沟上了火车。

又杀至大磴沟，果然发现老谭和骡子，一场血战。老谭和骡子不敌老荣战队，被打得皮开肉绽，像两条垂死的狗，哀嚎着瘫在沟里，随身的钱物被尽数搜走。

老荣率摩托队又回到玻璃滩，召集民工，咒骂不停。老荣历数了老谭和骡子的偷盗罪行及可悲下场，以此杀鸡儆猴。

连着下了几场雪，玻璃滩白茫茫一片。

地窑子里冻得要死，但煤窑还在继续出煤。乌黑的烟煤覆盖在雪堆上，特别刺目。

马上千禧年了，大街小巷都洋溢着喜庆，老荣和老牡丹的心，却被烦躁笼罩着。

进了腊月，煤还没卖出去，民工们都开始上火了。干了一年，家里都等钱呢，憋不住火的民工们开始骂娘。

实在坚持不住了，大伙拿着账本一起去堵老荣的家。老荣苦着一张脸，哀求愤怒的民工体谅他，赌咒发誓明年一定结清工钱。对峙了几天，杀了老荣也拿不出钱来。年关将至，又不能不回家，实在无望，有个老实心软的民工便提出，让老荣凑些路费，写下欠条，大家先回家过年，其他来年再做计较。老荣连忙答应，又四处借钱去了。口子一开，照方抓药，民工们拿上路费和欠条，都陆续走了。

煤窑工钱是计量的，卷毛年轻体壮，肯出工又肯出力，工钱比几个人加起来的都多。他知道老娘眼巴巴地在等着用钱，气又盛，所以死活不走。老荣不堪其扰，开始躲着卷毛。

腊月二十三，井口就剩老王和卷毛了。老牡丹、大吉普和小波浪罕见地带着酒菜，来到煤窑，在砖房里摆了一桌子，叫来老王和卷毛，说要走了，一起过个小年。

卷毛老王都郑重地洗了脸，换上干净衣服，人精神了很多。

忧郁苦寒的日子里，突然面对一桌子酒菜和亲切的笑脸，卷毛和老王感到了久违的温情。席间，说着一年的不容易，都有点动情。酒酣耳热，没了老板雇员的界限，推杯换盏，你来我往，喝了个尽兴。

老王年龄大，先不支，回地窑子躺下了。老牡丹和大吉普也先后出去了。只剩下风情万种的小波浪，醉眼迷离，斜倚在卷毛的肩膀上，风言风语的。看着香艳温软的妇人，卷毛突然气血冲顶，一把抱起小波浪，扔在破床上。突如其来的刺激和卷毛壮实的身体，令小波浪震撼不已，喊叫声刺破了玻璃滩的夜空。

卷毛还没从冲动中缓过劲来，门就开了。老荣带着一个青皮走了进来，后面跟着老牡丹和大吉普。

青皮将赤裸的卷毛一把拽下床，一脚踹跪在地上。没经历过事情的卷毛，惊恐万分，不知所措。青皮用刀子直顶卷毛的脖子，逼他写下了认罪书。卷毛用一年的工钱，抵消了自己的强奸罪。

天亮了，卷毛背着简陋的行李，踏着积雪，卷毛哭泣着离开了玻璃滩。

过年了，2000年是千禧之年，普天同庆。

老荣的煤窑只剩了老王看门，他搞不清，这千禧年和其他的年份有什么不同。

年后开春，老荣的煤窑来了一批新民工，玻璃滩里又响起了柴油机的轰鸣声。

歇息之际，民工们嘴里哼着一首歌：


走了走了，都走了。

白白的肚皮就蹭黑了……


后来听人说，小波浪打听着去了甘肃，找到了卷毛，两人一起坐班车走了。再后来说卷毛似乎又一个人回去了，到底啥情况，都说不清楚了。

# 石炭井旧日时光之玻璃滩张老师

上午的阳光洒在身上，令晨睡醺畅沉迷，比吃肉都香。美满人生，也就这样吧。

然而偏偏有人敲门。

恼怒地打开门，是老杨急匆匆的脸：

"张老师被抓了，强奸罪。"

"啊？不会吧！"

"公安抓的，说强奸了老王的老婆。"

张老师是甘肃会宁人，五十多岁，不过看脸得有六十了，在小煤窑打工。以前是老师，好像是被辞退了的民办教师。

小煤窑洗不了澡，人人头发都锈成一团，使劲一晃，能冒出烟来。唯有张老师，留个大背头，里面不知藏了多少秘密，但看起来光溜溜的，不知用了什么办法。

张老师的胡子刮得很干净，怀疑是被拔干净的。长年累月地拔胡子，下巴就变得像老女人那样柔软，张老师正是如此。

蓝中山装洗得发了白，像是长在身上。虽然风纪扣都扣着，也掩盖不了脖子像车轴一样黑的事实。尽管眼窝子和耳朵后遗留着洗也洗不净的煤痕，但他还是煞有介事、漏洞百出地维持着教师的形象，好像随时要走进课堂一样。

煤窑上的人都心领神会地叫他张老师，本名已不知了。

玻璃滩位于石炭井和乌兰矿之间，我在这里开了个小煤窑，和老荣、老曹做了邻居。

老荣囤积了四千多吨煤，卖不掉，就暂停了生产。

张老师就是给老荣打工。先是下了一年多的井，但没拿到钱。停产后，为了讨要工资，留守看门。

又过去一年多了，钱还是没影子，张老师的心就一天比一天焦躁。

玻璃滩的民工都住在地窑子里，做饭、睡觉全在里面。

老荣过段时间会捎来一袋子面粉，让张老师不饿死。

我的煤窑与老荣的煤窑相邻，为排遣烦恼，张老师常在我的煤窑转悠。

一天在红光市场碰见张老师，问我借五块钱。一个老男人借五块钱，有点那个，就借给他二十。

过了几天，他骑辆贼破的自行车找到我，掏出个小本子，神秘地说：

"昨天晚上，两辆拖挂在你煤窑拉了两车煤，这是时间和车号。"

我一看，非常生气，又在偷卖我的煤。我翻身跨上摩托，奔煤窑而去。

后来又反映过几次，让我挽回不少损失。

我的井口有三十多个工人，偷卖设备零件、工具、柴油、煤、枕木的情况，时有发生。甚至连面粉都偷偷卖掉，面袋子里装上煤糊弄我。被我逮了几次后，这帮家伙开始提防张老师了，嘴里不干不净的。

一个下午，老杨、张老师几个和我在井口闲聊。一个愣头青看见张老师，张嘴就来：

"你不缓着去，又捣鼓啥来了？"

突然发难，让张老师一愣。

我立刻翻了脸：

"你咋说话呢？"

谁知对方又来了一句：

"猪槽里没食小心把狗心操碎了！"

我一下火了，上去就是几脚，把对方踹倒在煤堆上：

"你想找死是不？"

这厮还想反扑，被老杨揪住，又一顿修理。

我凶狠地环视了一圈，围观的几个都没敢吱声，散去了。

一次我感冒了，在床上躺着。张老师来了，见桌上一堆挂面：

"这有啥吃的，我给你擀长面。"

一会儿就弄好了，吃得我感觉感冒好了一大半。

他给自己下了一把挂面，我看擀的面还剩一半，就问：

"不是还有面吗，吃啥挂面？"

"你不会做，剩下的你晚上吃，我吃挂面就行了。"

说着找了张报纸把剩下的面条盖上。

说话就过年了，工人放假回家。

老杨是我的生产矿长，他叮嘱我假期要抽一次水，要不巷道坍塌呢。

年初二我就去了煤窑。

老怪在值班。

老怪姓丁，快七十了，精神很好，是乌兰矿退休工人。瘦得像个柴火棍，悄没声的，常吓人一跳，就叫他丁老怪，后来直接喊成老怪了。平时负责给我送矿灯、充电，过年值几天夜班。

张老师还在老荣的井口。

老曹留了个小伙子值班。

大家互道吉祥话，凑到我的井口。

毕竟过年，难得有几分喜色。

我拿出熟肉、油果子，大家分吃。

我看着这几位爷，见小伙还够结实，就说：

"帮我抽一下水，给你一百。"

平时抽水五十，过年嘛，就多收了一倍的费用。

抽水其实很简单，从通风口下井，把水管放进水里，电闸一推即可。

"五百。"

小伙子觉得非他莫属，宰我一刀。

我还在怀疑耳朵，老怪已开口：

"太黑了吧，小伙子？"

小伙看着天：

"爱抽不抽。"

我正阴晴不定呢，张老师已绷着脸：

"我抽，一分钱不要。"

说完换雨靴去了。

我冷冷地盯着小伙子，感觉控制不住自己想打他，他已钻进地窖子。

过完年，老荣连面粉也不及时送了，张老师只好向老杨借。

没耐心再等下去了，张老师就去了乌兰矿老荣的家。但老荣没钱，还一屁股债，只好黯然回来。

隔了一段时间，还是得找老荣。老荣说：

"煤卖不掉，没钱。不行凑点路费，你先回家，有钱了给你邮过去。"

张老师直摇头，快三年了，给家里怎么交代！只好继续坚持。

不几日，老荣带了三辆车来拉煤，张老师堵住不让走，非让司机把钱留下。

老荣气急败坏，率司机们动了手。

一伙人拳打脚踢，叫骂声不绝，张老师哀号不绝，场面相当惨烈。最后张老师像块用完没洗的抹布，被丢在地窖子门口。

中山装的扣子也被扯掉了，敞着怀，露出乱糟糟的毛衣毛裤。大背头揉成几撮子，像鸭屁股一样难看。人半躺着，狼狈地喘着粗气。

隔了一天，老荣捎来一个更老的男人，对张老师宣布：

"不用你看门了，老王接替你，明白不？"

又指着张老师的地窑子：

"老王，你就住这。"

张老师嘴皮子颤了几颤，说：

"你把钱给了，我马上走。"

老荣冷冷地说：

"钱现在没有，有了寄给你。但从今天起，不许再待这儿了，明白不？"

说完跨上摩托就走，张老师一把拉住：

"那不行，不给钱，我哪都不去。"

老荣睁圆了眼：

"你爱去哪去哪，少缠着我。"

甩开张老师，突突突地走了。

老王要求交接，遭到张老师一顿凌厉的辱骂。

晚上，张老师做了饭，吃了就上床先睡了。老王啃了点干饼子，想上床，被张老师踹了一脚。

刚出正月，玻璃滩的夜晚还是天寒地冻的。

老王只好蜷缩在炉子边的地上睡了。

蜷缩了几宿，撑不住了就去找老荣。老荣欠钱，心里也虚，不敢把张老师逼急了。就和老王谋划着，慢慢有了主意，如此这般地说给老王。老王没主见，老荣说啥就是啥。

晚上回来，照旧蜷缩在炉子边睡了。

一次，老杨担心地说：

"我看这个老王咋不行得很，这么冷的天，别给冻死了。"

又过了几天，老荣把老王的老婆送来了。老王这么虚弱，有人照顾他，让大家松了一口气。

老王老婆叫刘俊娥，小老王七八岁，和张老师相仿。她知道煤窑条件差，但没想到会这么差。但已经来了，就收拾出一个地窑子，和老王将就着住下了。

虽是农村妇女，年龄也不小了，但毕竟是女人，洗洗涮涮的，很快就有了点生活气息。

张老师休整了几天，中山装扣子缝好了，大背头又梳起来了。

老王虽记恨张老师，但毕竟不是血海深仇，同是天涯沦落人，慢慢也相互说话了。

做两次饭也麻烦，三个人就一个锅里搅勺子了。

除了吃饭睡觉，也没啥事，刘俊娥就两三天去一趟乌兰矿，带点菜回来。

几个闲人还开始串门，站在老荣井口闲谝一阵子再回去。老杨略带羡慕地说：

"老王人不行，寻下的女人还不错。"

我问："哪里不错？"

老杨龇着一嘴黑牙，大笑起来了。

但是，谁能想到，还不出一个月，竟发生这么大的事情！

"张老师到底有没有强奸刘俊娥？"

"绝对没有，像猪一样，张老师不可能看上她？陷害人着呢！"

"你不是说刘俊娥长得不错吗？"

"那心坏着呢。肯定是老荣指使的，太毒辣了！"

老杨评价人向来特主观，我早习惯了。但他对张老师的事如此上心，倒让我高看一眼。

"你要救张老师呢，不然就坐牢了。"

我想了想，说：

"你先安排人给送饭，每天加两个鸡蛋。记得要一下他家里的联系方式，让他家里来个人。"

老杨得令去了。

给我干活也没见这么起劲。

我有几个结拜兄弟，老大恰好在公安局，是法制科科长。我找到他，详细说了情况，希望把人早点弄出来。他很谨慎，分析说：

"你说的都是猜测和推理，缺乏证据。强奸，诬告，诱奸，甚至通奸，都有可能。目前控告他强奸，证据还不足，但原告咬着不放，也很难办。查清楚之前不可能放人。"

我又强调了张老师和老荣的债务关系，老大说：

"是有存在诬陷的动机，可以反诉。但如果真强奸了，就没办法了。我跟他说说，分别询问一下刘俊娥和老荣，看有没有破绽。"

在他的斡旋下，警车又一次来到玻璃滩，但刘俊娥不知去向，案发现场也弄不清。剩下老王一个病大虫，一问三不知。

老怪特别兴奋，自告奋勇，带警察去了乌兰矿老荣家。但大门紧锁，一打听，说回东北老家了。

由于证据不足，无法找到原告，案件无法结案。

我让老大想办法把张老师弄出来。

他说：

"只有保释。需要一个常驻的、有公职的人担保。一年之内当事人不得离开石炭井，必须随传随到。要是传不到，担保人承担法律责任。"

"行，我担保。"

办完手续快六点了。

张老师在里面待了四天，终于出来了。他妹夫也到了石炭井，我就让老杨领上一起吃饭住宿去了。

我和老大直奔阿波罗餐厅，请帮忙的人吃饭，一顿好吃好喝。

回去的时候，月亮已落，剩了一天繁星。我独自走在夜里，突然觉得人生乏味。

刚回去，就有人敲门。

原来是张老师。拎着一只烧鸡，一桶清油，进门就要下跪。吓我一跳，赶紧拉住，让着坐下，感慨了一阵。

经这一难，张老师老态顿现。

他妹夫停留了一天，回了甘肃。

他又回到玻璃滩，和老王待在一起。

我的事多，越来越忙，都忽略了张老师。

突然一天，大家惊觉张老师不见了。都不知道他啥时候走的，去了哪里。

我再没有见过他。

问过一次老杨，老杨说：

"估计回老家去了。"

只有我担心了一下，万一公安局传他，我怎么办？连他家的地址都不知道。

过了俩月，老怪路过石炭井，对我说：

"老王死了。"

老王病恹恹的，我没太惊讶。

老怪见状，凑过来要耳语。我说：

"就咱俩，有这必要吗？"

老怪吧唧着嘴说：

"是老荣毒死的，给老王下药了。"

"不可能，胡说八道。"

这回我吃惊了，但一想，觉得可能性不大。

老怪见我不信，发咒似的说：

"老王走的那天上午，我见了，高兴得很。新理的发，小平头推得特别整齐，可精神了。下午离家也就几里地，死在班车上了，不是中毒才怪呢！"

虽然老荣下毒的说法太离谱，但我想知道班车是怎么处理这事的，就问：

"老王最后咋回去的？"

"他儿子背回去的。"

我想老王蜷缩在寒冷中的衰败样子，像极了一盏大风地里的油灯，便对老怪说：

"老王是油尽灯枯了，死在家里，是福报，算是魂归故里了。要是一把老骨头被扔在玻璃滩，就成孤魂野鬼了。"

虽然老怪坚信是老荣毒死了老王，但听我这么说，也不语了。我继续分析：

"你看见老王精神好，可能是终于要回去了，心里高兴，一时的回光返照吧。"

不过，玻璃滩的人都说，老荣毒死了老王。

此后，老荣的煤窑就再没人看了。

一年后，我的煤窑也收摊结束。

七年后，回石炭井玩，一时脑热，又去了一趟玻璃滩。

张老师住过的地窑子和地面长成一片，难以分辨了。

我的煤窑已经塌陷，又被填满，渗出一坑深绿的水来，竟然还长出了一小片芦苇，嫩绿嫩绿的。

大自然的自愈能力真是惊人。

我抽了根烟，告别了玻璃滩。

# 石炭井旧日时光之人在江湖

对单身美好生活的回忆，一直是我对抗热情消失的偏方。

远离父母家乡，住单身宿舍，吃单身食堂，有大把的时间可以打发，人类社会的高级形态：共产主义，大抵也就这样吧。

我单身的年代，交谊舞正大行其道，那些在闪动的激光灯下、随音乐节奏不断旋转的男女，沉浸在快乐中。

都说交谊舞上瘾，几天不跳，浑身难受。

我不会，所以体会不到。

但自从体育系毕业的小乔住进单身宿舍之后，一帮人学习交谊舞的热情就被点燃了，每天都在院子里练习，充耳都是"咚次哒次"的鼓点，生活充满了节奏感。

慢四、中四、快四、颠四，差不多了，就升级为三步，慢三、中三、快三，由慢到快递进，为晚上的实战做着准备。有特别笨的，每个节拍都能错，像是专门搞笑的，其跳舞的热情却高得不得了。

我早看清他们的嘴脸了，目的一点都不纯，什么喜欢跳舞，就是冲着泡妞找对象去的。

阿青的媳妇就是在舞厅找的，靠的是一套事先设计好的台词。

当时一个青涩的女生独坐着，阿青腆着一张脸上前搭讪。这小子直愣愣地坐到女生旁边，张嘴就说："小生今年二十五，衣服破了没人补。"

女生先是一愣，然后就咧嘴笑了。殊不知阿青等的就是对方的一笑，等女生的笑容快消失的时候，就接第二句："你啊，猛一看可漂亮了。"

成功迎来了女生的第二波笑容。

"仔细一看呢？"

阿青继续说，然后停顿了至少四拍，等女生的笑容退去、乌云即将翻涌之际，阿青的下一句来了：

"比猛一看还漂亮。"

女生一愣，继而大笑，举起粉拳，打向阿青的胳膊。阿青趁势拉起女生说，走跳舞走。

后来这点破套路被这帮家伙用到烂了大街，也就不灵了。

石炭井的舞厅我去过，灯光、电声乐队、歌手伴唱，现场感特别好。不像有些地方，一台录音机，一个球形射灯，就开门营业，还号称是国际舞厅。

一天晚饭后，几个伙计又精心打扮一番，喊我一起去跳舞。

拗不过，于是我们就骑着自行车，浩浩荡荡奔赴舞厅。

到文化宫的路口，我突然改变了主意，和他们分道扬镳，转向通往四矿的公路。

晚风轻拂着石炭井，暮色由淡渐浓，安静祥和的气息令人身心松弛。

这一段路我经常去，此刻人少车少，是最好的时候，尤其下坡路段，松开车闸，任自行车越来越快地飞驰，轮胎和柏油路面摩擦发出均匀的嗡嗡声，耳旁还有呼呼风声，感觉自己像一只夜鸟，就飞起来了。

返回时，天已经黑透了。刚到文化宫路口，突然蹿出一个人，跳上我自行车的后座，惊慌地喊道："快跑快跑，有人砍我。"

我本能地猛蹬了起来，真怕有人追来，雷劈着他的时候连累到我。

我问咋回事，他带着哭声："我被人砍了，快送我去三矿医院。"

回头一看，一个郭富城式的脑袋靠在我背上，一手捂着耳朵，一手搂住我的腰，大声喘着气。

我头皮一阵发麻，一阵猛蹬，奔三矿医院而去。

从文化街路口到三矿医院，好长一段路，都是大上坡，还驮着一个大男人，费力加上紧张，给我整出一身大汗，感觉自行车都要散架了。

进到医院室内，灯光下我才看见他的耳朵基本快被割掉了，便直接带他去了急诊室。

护士见状，忙去喊大夫。

我问到底咋回事，他说在二矿谈了个对象，跑去跳舞，想着舞厅黑乎乎的，不会有人注意，结果被二矿帮的仇人发现，一路追砍了出来。

我说："跳个舞还分三矿二矿吗？"

他说："三矿帮和二矿帮都有自己的地盘，自己越界了。"

难怪要舍近求远，来三矿医院呢。

他惊魂未定地说："幸亏腿长跑得快，才捡了一条小命，要不就撂在文化宫了。"

我说："去你的吧，幸亏我骑得快。"

平时估计威风惯了，没经过这阵势。看他浑身止不住发抖，便陪他等大夫。

我端详了一下这位"大佬"，看穿着最次也是个"堂主"级别的吧。虽然狼狈地逃窜使得他精致的发型已凌乱不堪，清俊的脸庞在疼痛的作用力下已经变形，但还是咬牙切齿地说要摇人报仇。

我说："你省省吧，保住耳朵要紧。"

大夫来了，我就要走，这哥们儿让我留下姓名，来日报答。

我哪敢和他再有瓜葛，忙说："有缘江湖再见，我叫雷锋。"

回到宿舍后才发现，那件我专门用来撑门面的西装，后面被鲜血染透了，只好扔掉。

第二天说起来，大家纷纷遗憾，咋没遇上个女侠呢？

小乔说他看过一个初二学生的作文，作文里写道："中午放学，刚出校门，一个高年级的学生就坐上我的自行车，让我把他带到三矿。我说你那么大，我载不动你。他立刻露出罪恶的嘴脸，骂了一堆字典里查不到的脏话，我感觉生活被黑暗统治了。"

大家又纷纷夸赞小乔，果然是名师出高徒。

当时的石炭井，正值人丁兴旺、经济活跃的时期。也是港台影视剧和武侠小说的兴盛期，很多小青年都模仿着里面的情节，当老大，带兄弟，争地盘，自建村也是上海滩，漩涡也能容九龙湾，强哥、十三妹随时可见。

石炭井的江湖不大，却容纳了不少帮派，也没有什么场子可看，就是各自划了地盘，戴上墨镜，叼着香烟，满嘴行话，装帅、耍酷，非常牛气，个个都像是"四大天王"。

所谓的斧头帮、十三香，本质上就是一群无所事事的小混混，叛逆的青春期。

一次和老魏在二中门口，看见几个也就十七八岁的小混混扒着校园的铁门栏杆，朝里张望着，我觉得那样子很猥琐，便大吼一声："滚！"

几个小怂立刻围拢过来，阴狠地盯着我。

老魏见状用手指着喝道：

"再不走我叫保安了。"

几个小家伙才悻悻地走开，其中一个斜盯着我，不停耸动着肩膀，从牙缝里往出挤出几个字：

"小心被人砍啊。"

我说：

"小兔崽子还狂得不行。"

就想上去教育教育，老魏拉住我说：

"算了，这个年龄的孩子做事是最不计后果的，让走算了，别理了。"

三年后，我和老魏离开石炭井已经两年了。一个周末，小范约我和老魏回石炭井玩。

我们先去了四十一的牧民家里吃羊肉，喝了不少酒。

回到石炭井，夜色正好，酒兴未衰，便去文化宫继续撸串、喝啤酒、唱卡拉OK。

石炭井的舞厅已经关停了，取而代之的是很多小歌厅和烧烤摊。石炭井仅剩二矿还在开采，但私人小煤窑兴起，煤贩子、大车司机、闲杂人员很多。到处都在甩卖，商业、娱乐业是回光返照式的繁盛，饭馆子和歌厅的生意兴隆，一副醉醺醺的样子，颇有点破罐子破摔的意思。

文化宫院子里有个小歌厅，门口还立着一个煤矿工人的白色雕塑，应该是20世纪六七十年代立的，雕塑不是很大，已经很陈旧了，但也算是个标志性的雕塑。

我们就在那里唱歌、划拳、喝酒，直到打烊时间，老板打着哈欠说：

"大哥，我们得下班了。"

我们喝完最后一杯啤酒，摇晃着走到马路上。举目一看，月落星沉，满天寂寥。

老魏在前面走，我和老范找了个背阴处去放水。

忽然听到前面有叫骂声，远远见老魏和一个混混在对打。两人你来我往，跟拳击比赛似的，有攻有守，一个女子缩着脖子在旁边哭哭啼啼的。

小范喊了句：

"老魏和人打架呢，快。"

然后箭一样蹿出去了，不愧是踢前锋的。

我慌忙系好裤带，也跟了过去。

只见小范一个助跑，腾空飞踹，将混混踢倒在地。

我拍马赶到，抬腿就踢。

一时间，六只脚雨点般地，连踢带踹，无情地落在流氓的头、后背、屁股、大腿上。

这混混也是身经百战的，立马采用了教科书式的保护姿势，身体蜷成一团，用双手紧紧抱住头，把脸埋在怀里。

在众人的踢打下，小混混任由踢打，毫不反抗，已经没了声响。我怕打出事故，拉住二位好汉：

"行了，别再被打死了。"

老魏对旁边啼哭的女子说：

"赶紧回去，别再乱跑。"

女子啼哭着道谢，小跑着走了。

我们三个走过铁桥，准备去小范家过夜。

突然听到后面喊：

"老大，我被人打了。"

寂静的夜空，声音特别凄惨，传得很远。

我回头一看，刚才那个混混爬了起来，在马路上抱着脑袋在嘶吼。

不知从哪里，一下子就涌出十几个混混，拿着棍棒器械就冲出来了。

小范说：

"跑。"

我们立刻启动，跑了起来。

边跑我边观察地形，眼见到了新华书店，便说：

"咱们埋伏在新华书店那儿，打他们一个伏击。"

老魏说：

"往公安局跑，熊科在值班。"

我立刻反应过来，姜还是老的辣啊。

公安局不远，我们仨一个百米冲刺，就到了公安局的门口。公安局的大门紧锁着，铁栏杆很高的，顶端是一排矛头，翻越起来有一些难度。

然而，老魏和小范已经爬到顶端，在往过翻了。

我跑到门口，气喘得不行，这时，追兵的喊杀声已经到了，老魏和小范迅速翻进去，催促我，赶紧翻进来。

我说好的，推开旁边的一个小侧门走了进去。

两人互相看了一眼，面面相觑，不禁失笑了起来。

出来一个警察，喝问你们是干什么的。老魏说：

"小混混闹事，熊科呢，赶快出警。"

熊科正在110带班执勤，闻声出来，见是我们，忙问咋了。

我们简略一说，熊科马上提着警棍出门了。

公安局马路对面，三三两两地聚集着十几个混混，虎视眈眈地盯着公安局。熊科喝道：

"都围在这里干啥？"

为首的混混说：

"不干啥，待在这儿犯法吗？"

熊科呵斥道：

"大半夜的，没事跑出来干吗，都散了。"

警察毕竟是有震慑力的，混混们开始慢慢离开。

熊科回来，给我们倒了开水，说：

"你们也是，制止住就完了，老胳膊老腿的，还打架，那些混混打架不要命，你们能受得了。"

老魏开始吹牛：

"我那武功不是白练的，一对一看我咋收拾他。"

熊科说：

"小混混打架，都是群殴，谁和你一对一呢。"

老魏催促熊科，再去看看，混混散了没。

熊科说：

"估计在呢，吃了亏了，想着报复呢。"

然后开着警车，出门巡视一圈。混混们并未散去，而是围聚在距离公安局不远的红光市场守候，等待我们出去。

熊科再次询问，小混混说，乘凉又不犯法。慢慢往远处走，不像是收兵回营的意思。

熊科回来说：

"算了，你们就在这睡吧，明天再走。"

他把我们带到一个大宿舍，有三组高低床，我们随便躺下，紧张的身体总算可以放松了。

但还在兴奋中，都没有睡意。

老魏躺在床上说：

"今天的英勇事迹应该上报纸。"

我说："大标题是'石炭井江湖风云再起，玉面小飞龙大战沙沟铁棍帮'。"

老魏说："标题应该是'三位正义青年勇斗歹徒，成功解救无辜群众'。"

我说结尾应该是："三个人度过了充实而有意义的一天，带着幸福的微笑进入了梦乡，月亮一见，垂下了羞涩的眼睑。"

小范大笑着说道：

"老魏消息还挺准，知道熊科值班，要是真打起来，十几个人呢，都有器械，咱们仨非交代在这儿不可。"

仔细一想，不由得一阵后怕。

第二天，阳光普照，昨晚的阴霾一扫而空。

我们每人要了一碗二细，外加俩卤蛋，美美吃了一顿，元气满满地离开了石炭井。

# 石炭井旧日时光之怀念东海

消磨在石炭井的青春，大都带着浓浓的酒味。

我和东海是在酒桌子上认识的，老混在一起玩，一次喝高了，四个人磕头一拜，就成了兄弟，我老三，他老四。东海是石炭井三矿子弟，寸头，总是穿一条深绿色的武警裤子，系一条警用皮带，不理人的样子。他长得像王宝强，但看着比王宝强凶悍，气质很硬，这很符合三矿风格。东海酒量很好，爱吃肉，鼻尖上经常有一层细密的汗珠，微微发亮，让人有忍不住替他擦去的欲望。

红光市场是石炭井的中心地带，当时有好多啤酒摊，人多，热闹。大街上播放着震天响的《杜十娘》和《长相依》，听得人想哭。啤酒摊是我们发泄多余精力最多的地方，一般都是点几样烧烤，对着摆在大街上的电视机面红耳赤、声嘶力竭地乱吼。我不一样，我专挑难度很大的歌来唱，因为唱得太好了，每次故意要停顿一两下，以免别人以为放的是原唱。每次我都目的很明确地要震翻别人，东海用掌声和呼哨配合我，动静大得惊人，并且翻着他的白眼乱看，那个嘚瑟劲儿就难言了。经常有女士邀我对唱，一唱东海就拉到我们桌子上喝酒，直喝到凌晨扫马路的工人出来，摊主都快愁死了。第二天我们一般都去红光市场里的一家朝鲜冷面馆吃一大碗热腾腾的面，就着酸溜溜的泡菜，特解酒。一次东海喝高了，吃面的路上，他用脏手揉着泪眼通红的眼睛问我："我怎么眼睛水汪汪的？"我说："你要脸吗？就你那小眼睛还水汪汪？"

东海是宁大政法系毕业，不知道怎么搞的没拿上毕业证，似乎和打架有关，他不愿提起，我也懒得细问。我知道这是他心底的一个痛，对不住老娘啊！后来他又弄了个电大自考，聊以自慰。不过东海在宁大也不是一无所获，他成功地追到了秀秀。秀秀长得鼻子是鼻子眼睛是眼睛的，往街上一走，煤尘弥漫的石炭井立马让人感觉有故事了。秀秀温柔，东海则一副大大咧咧的模样，不拿正眼看秀秀。有时秀秀就生气，东海态度马上低了下来，用很风骚的眼神飞向秀秀，秀秀一气笑就好了。

我当时在石炭井很无聊，一放学偌大的校园基本就只剩我了。一天将近黄昏，风很大，房顶上的干草被吹得四处乱飞，山丘是黑褐色，但远处的天还是亮的，我心里像长了草一样在宿舍门口看着煤屑掠过空阔的马路发呆。突然从校门驶入一辆三轮摩托车，驾驶员上身挺得笔直、姿势很牛地疾驰而来。一看就是东海，嬉笑的脸，煤尘结了两个黑眼窝。我说偏斗子不好骑，你开这么快干吗？他说简单得跟啥一样。这小子对机械确实有些天赋，从没学过，逮着摩托车骑上就走，猛得不行。我骑上他的偏斗子在操场上兜了一圈，老感觉要翻，真不好骑，便说做饭走。到了学校单身厨房，东海掌勺，不一会儿就炒了个茄子辣椒西红柿，蒸了一碗鸡蛋羹。他不知从什么时候起落下的病，爱吃个鸡蛋羹，我到银川后，他每次来都自己去厨房蒸碗鸡蛋羹吃，真奇怪那么个东西有啥好吃的。我从宿舍拿了一瓶酒，我俩边吃边聊，年纪慢慢大了，烦心事也多了，免不了叹番气，骂几声娘。暮色四合的时候，他说要去大武口，跑工作的事，我说偏斗子不好骑，喝酒了你开慢点。他说没事的，就在大风中呼啸着去了。

两年后吧，他在大武口租了房子，和秀秀结了婚。一套平房，挺大的，屋里还有月牙门，像是戏曲里小姐的闺房，装扮得很喜气，东海光着油亮亮的大膀子在红色的房间中晃荡，有点滑稽。婚后秀秀开了个店，挣得好像比东海多。不长时间，小两口就在大武口买了房，大约也借了不少钱，不过毕竟有了自己的家，是大事。东海依然喜欢酒场子，喜欢啤酒摊，经常三五好友吆五喝六的，喝多了就和秀秀吵架。那时我已经到了银川，有时去石炭井和大武口玩，都住在东海家。秀秀睡小屋，让我和东海睡大床。我劝他对秀秀好一点，好好过日子，他不吭声，光叹气，老是皱着眉头，好像有多大委屈似的。秀秀见我都喊哥，我也劝她多包容东海，男人再大一点就好了。秀秀每次都是微笑，不多解释。

当时我们都钱不够用，财政老是吃紧，在经济上也时常相互接济一下，但都穷，金额有限，难以解决大问题。一次在大武口喝完酒，第二天吃拉面，东海很威风地吼："一碗韭叶子一碗二细。"扭过脸对我说他每天早上都要吃一碗拉面，我随口说经济形势这么差，早餐我早戒了。他立马有点不好意思地说："我也是一时糊涂吃上的。"我忍不住笑了，看着他日益变黑且略显疲惫的脸，感觉我们越来越像中年人了。

东海学的是法律，先在石炭井公安局实习，后到大武口区司法局工作。他老让我写些斗方中堂之类的毛笔字，拿去送人，建立人脉关系，要做一个律师。他也逐渐地接到案子，经常出庭。他的工作似乎一直也不顺心，大约和编制有关。让他最高兴的就是女儿的出生，起了个名叫欢喜。东海喜欢得不得了，天天抱在怀里，一脸笑容，整个人温和得不行。秀秀也胖了很多，脸上有了做妈妈的成熟味道，这大概是东海最幸福的一段时光吧。

日子流水一样，很长一段时间大家各自忙碌，很少联系。有一天忽然接到东海的电话说他离婚了，我张口就骂，让复婚。他没还口，也没应和我，很沉默。两个人在一起多不容易啊，日子好过了，却散伙了。

以后东海倒是常来银川，大多都带着欢喜，点菜的时候经常嚷嚷着让多点肉，他所有的注意力都集中在女儿身上，眼里的疼爱甚至都让人有点难堪。他毫不顾忌别人，把饭桌上最好的肉都挑出来给欢喜，堆满一大盘子，不停地往欢喜嘴里喂。我突然想起秀秀，便问秀秀怎样。东海说她家里给介绍了一个，大概快结婚了。东海对我说起他的高血压，一直下不来，困扰着他。我说戒酒，他不吭声，端起酒杯"滋"的一口。我说你怎么这么气人呢！他不吭声，木着一张脸。我见过一次他在酒桌上犯高血压，抱着头，趴在桌子上，像是孙悟空被念了紧箍咒，看着真难受。

2008年初秋的一天下午，突然接到二哥电话，说东海在大武口煤炭总医院急救，让我赶紧来。我马上开车往大武口赶，当我跑上医院二楼的走廊时，二哥正拉住从急救室出来的医生询问，大夫说颅腔出血，人不行了。二哥高大的身躯顿时背过去，开始抹眼睛。接着东海的家人出来了，商量着要办后事。我不相信，说人还活着办什么后事啊！医生说人已经完了……刚刚赶来的秀秀刚好听到这一消息，一下扑倒在走廊的凳子上，放声号哭了起来，声音撕心裂肺，响彻整个医院。我暗想：东海，有人为你这样哭泣，你也可以闭目了。

原来东海是在石炭井出的事。石炭井法庭有个案子要开庭，东海是代理律师，前一天就到了石炭井，哥们儿晚上以酒肉相待。席间有人说你血压高少喝点，他说没事，坚持喝，似乎不喝就对不起哥们儿似的。其实他已经不能喝酒了，但就是喜欢一桌子人热气腾腾的氛围。正喝着，他就头晕得不行，说是高血压犯了，大家就作罢了。第二天，法院开庭前，一个人突然就指着东海说："这个人有问题！"眼见东海点着一根烟，但因手指发抖不能送到嘴里，烟掉在地上，接着他身子一歪，在凳子上坐不住了。有人说脑溢血，快送医院，到了石炭井医院说治不了，让送大武口。又往大武口赶，结果石炭井到大武口修路，车在沟底的便道上颠簸了近两个小时，等到大武口已经下午了，东海就这样被耽误了。他是1974年生的，属虎，到2008年刚满34岁。出殡时，我突然想起东海看着女儿时温柔的眼神，好像他知道有这么一天似的，恨不得把全部的父爱在一天里都给女儿。

我不能忘记的是1999年夏天的一个夜晚。学校放暑假，我因为开煤窑的事，一个人困居在校园里。天渐渐黑了下来，我身心俱疲地躺在宿舍里，昏睡中，突然听到两声叮叮响，心中一惊。这个校园建在坟场的旁边，墙外就是无尽的坟头，校园里流传着各样的鬼故事，在这暮色深重之际，突然听到这没有由来的声音，难免生出一身惊悚来。身体还睡着，但我的脑袋一下子醒了，耳朵也醒了，竖起来仔细搜索，只有微风吹动的声音，难道是错觉？正疑惑间，又传来清脆的叮叮两声响，这次很肯定，"谁？"我一下坐起来，窗外猛然站起来一个人，哈哈笑着从门里走了进来，是东海这家伙！拎着一袋啤酒，拿其中两瓶轻轻相撞，差点吓死我了！但惊恐很快被高兴淹没，这样寂寞的夜晚有兄弟前来相聚，真是人生大快事！我们就坐在院子里的水泥地上，喝啤酒聊天。后来在东海的要求下我开始弹吉他，我先弹了《爱的罗曼史》《秋日私语》，又弹了《爱的纪念》《彝族舞曲》，后来又弹了《少女的祈祷》和《月光》。天上有些薄云，月亮时明时暗，微风吹过，院子里很清凉，坐着很舒服。我们都没有睡意，就一直聊天。我一时兴起又弹唱了《闪光的日子》和《外面的世界》。东海静静地听我弹吉他，给我讲他在大学军乐队里的事，讲他如何喜欢《迎宾曲》里那几节低沉的圆号旋律，他如何每次到那一段都故意多反复几次，整得乐队指挥直瞪他。然后他用嘴哼唱那一段旋律，模仿当时的情景，表情很自得。

那是我在石炭井的最后一个夏天。

在如此黯淡凄凉的一个夜晚，东海突然出现，让我觉得心里一下子暖和了过来，此后的岁月里，我常常想起那个夜晚，永不能忘。

# 石炭井拍摄日记之 2003 年国庆 7 天假

10月1日　晴

今天开始国庆长假，目的地，石炭井。目标，拍小煤窑。

我们从银川出发，一路上都是施工的大车，开得很野，不好超车。

越往北走感觉太阳越亮，车也越少，路两旁的田野是懒洋洋的黄，夹杂着衰败的绿，有一种陈旧的祥和意味。

石炭井是矿区，煤炭储藏量很大，曾盛极一时，随着几个矿的下马和破产，日渐式微，今年又撤区设办事处，人员大量迁走，更显得萧条。

到石炭井下午了，骑摩托一路吃足了煤灰，我先带空气钟去洗澡。

以前的矿务局澡堂还在营业，门票还是老价格，每人 1 元。搓澡工也没换，还是六年前那位，连发型都没有变，也不见丝毫的衰老，没人搓澡时依然用六年前的那把塑料梳子不时地梳着他额前的头发，仿佛六年多来他一直站在那里，而时间也在那里睡着了一样。

我还在想问题，空气钟已经在热水池中舒服地漂浮着了。

从澡堂出来，我带空气钟去了以前单位的厨娘水仙家。我粗鲁地拍门，大声地喊："水仙、水仙。"她老公丕弘开的门，一见我，回头喊："水仙，你看谁来了。"先出来的一个少年看见我喊了声："舅。"我仔细一看，原来是她儿子小翔，小家伙长成个大人模样了，小时候他一直喊我舅舅。

随后从里屋出来的水仙，一见我就惊喜地用河南话喊了声："孩儿他舅！"

我咧着嘴，走进她整洁的家。

"吃啥？"还没坐下，水仙就问我，"羊肉面？"

她做的羊肉臊子面我印象极为深刻。

"吃什么面，炖羊肉！"丕弘说，"俺俩喝几盅。"

那边翔已经拎了一瓶酒来。

我一想都骑着摩托车，不敢喝，再说炖羊肉太费时间，忙阻拦："就想吃你做的面。"

在我的坚持下，水仙做了臊子面，用特大号海碗盛了，让我和空气钟这样的大胃王也不由得倒吸一口气。

面的味道是我喜欢的那种，两大碗，我和老钟都吃到嗓子眼了。

饭后闲聊，问丕弘哪里有小煤窑，我们想拍挖煤的工人。

丕弘说现在很少了，要拍黑面孔可以去大矿。

我说大矿不想拍，就想拍小煤窑，住在地窝里，没地方洗脸洗澡的那种。

小翔马上给我讲故事，说他在石炭井的街上碰到一个外国人，以为是谁下了班没洗澡就出来了，后来发现他高得邪乎，仔细一看，他满嘴英语，就是个黑人。

我们笑了一阵，起身告辞，去以前的同事全青家睡觉。

全青全家去了大武口的父母家，屋子空着，我们路过大武口时顺便取了钥匙，作为我们石炭井之行的住所。

夜晚的石炭井马路上很黑，大部分路灯都不亮，完全没有了以前那种城市的感觉，不过也好，橘黄的月牙儿很显眼地挂在了西山上，以前的灯火辉煌让我们忽略了多少月光。

走进全青家，空气钟说了一句："他家可真牛！"

我一看，乱得没个坐的地方，床上也堆满了衣物，我收拾了半天，才清理出可以睡两个人的地方。而且靠里的床板上还有个坑，可能是床板断了一节，我把一床被子铺上，让空气钟睡。空气钟躺下去说："我要是个罗锅就好了，背放进去正好。"说着，他就打起了呼噜。

全青家以前也挺利索的，自他媳妇调到大武口后，就再没扫过一次地，大概也没心思待了吧。


10月2日　晴


天还麻着，空气钟就喊我，说是东方都露出鱼肚白了，我睡意正浓，掉过头想再眯会儿，空气钟却像念咒语似的重复着我的名字，实在被折磨得没办法了，我只好起床。

我还在洗脸，他已经在外面发好了车，突突响个不停，慌得我牙都没刷，背起相机就往外跑。

在街上买了4个牛舌饼、3瓶矿泉水、2包硬盒龙泉烟，便向下马近十年的四矿进发，那里历来是小煤窑最多的地方。

原有的一条柏油马路已经被拉煤的重车轧成真正的山路了，一过车便尘土飞扬、漫天飞舞。

所谓的柏油路如今只存在于一些人的记忆中了。

与这条公路平行的还有一条铁路，铁轨在五六年前被拆除一空，路基也渐渐地不像路基了——正如把鲁迅的那句关于路的话反过来说，路若没人走，也就慢慢地消失了。

快到四矿时，碰到两个捡煤的妇女，空气钟立刻停车，帮她俩把一袋煤抱到自行车上，并和她俩寒暄，以便我在旁边抓拍，这是我们出发前就定下的。

晨光中，两人挺大方的，说是捡些煤块冬天烧炉子。我们目送他们走远，然后向四矿右侧的山里骑去。

路越来越难走，有些地方有七八十度的坡度，摩托车挂到一挡，发出很响的轰鸣声，几乎上不去。

石炭井的山根本没有树，干燥的土质中全是棱角分明的石头，大汽车的轮胎也会被它撕破，因此我们十分小心。如果车胎被石头划破，就惨了。

顺着一条隐约的路我们爬上了一个山包，接近山顶的地方有好几个已经废弃的井口，周围的黑色煤渣经雨水的冲刷已经泛白。山脊东西向有一道很长的裂痕，是地下采空后塌陷形成的。在一个地窑子的遗址上我们发现一辆摩托车，破得看不出它还能不能动，20米外的更高处也停了一辆，更破。

　　我们感到好奇，便在山顶四处寻找，只看到对面的沟里有个捡发菜的妇女，用一个箶子在地上乱耙。

　　这时后面突然上来了一个人，像从地底下钻出来似的，从头到脚，连鼻子眉毛都分辨不清，阴着一张脸。我赶紧掏出烟，递上一支，那人接了，山上风很大，半天才点燃。

　　他吸了一口问："你们干什么的？"说来玩的他显然不会相信，我们便道："想开个小煤窑，来看一看地方。"

　　他马上变了脸色，道："这是某某某（名字没记住）的地盘，谁敢来开？"

　　七年前我在石炭井也开过一个小煤窑，知道几个四矿窑主的姓名，便随口提了出来，有一个正是在这块地盘上干的。

　　他怔了怔，又说现在上边根本不批准等等。

　　见他如此不爽，我们便打问哪里的煤窑上有民工，他指了一条路，就推起那辆破旧的摩托车下去了。

　　我们顺着他指的方向骑过去，发现摩托车根本下不去，只好回身走原路，就看见前面的地缝里钻出两个人来。

　　一定是背煤的，我对空气钟一说，他一马当先冲了过去。

　　总共有三个人，刚才那个阴脸汉子也在其中，看见我们立刻表示出敌意。

　　三人年纪不大，都戴着深蓝色的太阳帽，一个挥镐在挖，一个用锹往尿素袋子里装，第三个负责背出来。倒在地面上的，已经有不小的一堆了。

　　我抓了一把看了看，煤质不错，灰分也不高，热量在5000大卡以上。问多少钱一吨，一个小伙子说："55元。"

　　"每天能出几吨？"

"三四吨。"

看得出他不好好回答我们的问题。

我刚拿出相机，三个人立刻凶狠地说不许拍，我们只好收起相机，没意思地走了。

三位听口音不是宁夏人，也不是甘肃人。

我们向另一个山包骑去，一路尽是废弃的小煤窑，每个山包上、每条山沟里都会有几个井口，或大或小，沿煤线的走势排列着。

三四年前，这里可是火热得很，自政府严令取缔小煤窑之后，这里才渐渐安静下来。

到一个平坦一点的地方，空气钟说饿，我们便歇下来，每人吃了一个牛舌饼。牛舌饼柔中带韧，很有嚼头，就着矿泉水，甚好。

饭罢，我们顺一条小道七扭八拐地出了刚才的那一堆山，往四矿方向骑去。

其实我们是和四矿擦肩而过的，前面的路消失在摇晃着的大车和无遮无拦的风扬起的黑黄的土雾里，午后太阳的白光也像被一双大手揉碎了一般的凌乱。

在土雾的起伏的间歇中看见了几个私挖煤的，我们赶紧凑了上去。

这里煤层浅，两三米的土层下就是煤，在地上挖开一个口子，就可以采到煤。

但还嫌太费事，这些私挖者，一般都选择露出煤层的废井，直接顺煤层挖就是了。

挖到比较深、有坍塌危险的，或往地面运送太费力时就放弃，另选新址。

这里显然是废弃小煤窑塌陷形成的裂缝，而他们也是新挖不久，其中还有个戴绿色头巾的妇女。

见我们拿着相机，便停下手中的活，警觉地问："干啥的？"

我说："旅游的。"

"这里有啥好玩的？是不是记者？"

"不是，我们是搞美术的，出来收集些素材，画画用。"

那位妇女立刻放松地对同伴解释："画画的，不是记者。"

男人显然还在疑惑，我已经大大咧咧地掏出烟，扔给他一根，并和这位碎嘴的妇女聊上了。

大概见来了生人，或许是饿了，她停歇在土层上开始啃馒头，我见状立刻掏出一瓶矿泉水递给她，她扭捏了一会儿才收下。

见她的馒头沾着煤屑，我便掏出剩下的一个牛舌饼请她吃，她又谦让了半天才接过去，放进脚下的塑料袋里，接着啃她的馒头。

我就势坐在她前面的土堆上，问道："煤出来好卖不？"

她说："好卖，都给现钱。"

我又问一天能出几车煤，她道："还几车，几个人能凑一车，一个人挣三四十元。"

我心算了一下，人均每天收入应该比三四十元多。

她又说："没办法，三个上学的呢，供不起啊。"

我理解地点着头。偷偷看去，空气钟正在上面来回地忙。

她又好奇地问："哪里不好玩，跑到这地方来玩。"

我说："我就喜欢这样的地方，公园什么的我觉得没意思。"

她感叹道："我们是没办法才来呢么，你是什么事不行往这跑？"

我想一下子也说不清楚，便往其他问题上扯。

这时来了个半大小子，是不远处的另一伙派来打听情况的，问是不是记者。

妇女积极地为我们做了解释。我又问："自己挖煤有没有人管。"她说：

"咋没有，管的人太多了，一来就连煤带工具都给没收了。"

我指着往来频繁的煤车问：

"那他们拉的煤没人管吗？"

"人家是大老板呀，真把钱挣了，一天就挣好几万元呢。"

我趁她说话打开镜头盖开始拍她，她连说：

"不要照了。"

我说没关系的，回去画画用的。

她很女人地说了句：

"这么难看有啥画的。"

我就讲关于画画的事情，直到她的眼神完全迷茫了起来。

在底下挥镐挖煤的男子一直没开口，始终带着冷冷的表情。

我热情地和她告别，她也客气地对我们说再见。

我和空气钟又朝另一组人走去。刚才探听消息的小子见我们过来，眼睛一直盯在我们的相机上。

我故技重施，把龙泉烟发来发去的，并且自己也叼了一根。一个模样文雅一点的30岁左右的男子带着礼节性的表情说：

"唉，干什么也不容易，干这也挣不了几个钱，糊个口。"

空气钟刚端起相机，下面一个白头发的老者不客气地说：

"哼，要是马四看见照相的，非把照相机给他砸了！"

语气里带着明显的反感。

除面相文雅一点的那位男子，其余三个人都充满敌意地看着我们。我想他们见我们拿着相机，主要担心我们是记者，给他们惹麻烦，便说起我以前开小煤窑的事。文雅些的那个问在哪里开的，我说玻璃滩。底下那位老者闻声问：

"你就是二中的那个老师？"

我说："就是。"他态度有了一些转变，说：

"我知道你，你的那些煤让人给偷光了。"

我问谁偷的，他说了几个名字，其中还有和我很近的一个人。在他说话的当儿，我顺势溜下去，把一包烟递给他，他抽出一根，我说都给你吧，反正我又不抽烟。他说："这有点过分吧？"

我说："你别客气。"其他人见老者和我聊上了，敌意逐渐消失了，我和空气钟就开始拍照。在一个煤坑里，我迎着风拍往地面擢煤的小伙子，煤屑吹了我一脸，小伙子看着仰在煤堆上的我说：

"我们不容易，这么看你也不容易呀。"

我说："这世上就没有容易的。"

我们待了约半个小时才走。

"往哪里走？"空气钟问我。

"顺着拉煤车往里走。"

大约四五里路的样子，出现了一个很大的露天煤矿，十来辆大汽车排队等着装车。我们来到工房对面的空地上，一个中年男人问："干啥的？"

"想订些煤。"我说。

他怀疑地打量着我们。

"多少钱一吨？"我问。

"60元。"

"非要现钱吗？"

"现钱。"

"这个矿储量有多少？"

"5万多吨吧。"

我看了看，有多少煤我也估摸不出来，接着问："是私人开的吗？"

"那就是老板。"他远远地指着对面的工房。

对面一个人正边看着我们边对身旁的人说着什么。我目测了一下，他距我们步行约有十来分钟的路，便骑在车上掏出相机拍了两张，转身一拧油门就走。空气钟很默契，一言不发地紧紧跟上。

一个头戴矿工帽的年轻人在黑色的路边空洞地看着我们，眼白被黑色衬得分外醒目，也不理会老板的高声喊话。到通往原四矿的路口时，我们拐了进去。路口被沙土盖住了，要不是我以前来过，还真不好找。

路两边的房子全没了，只有几堵残存的墙壁墓碑一样地立在那里，张着空荡荡的几个门窗的方洞，让风呜呜地穿梭。

我看见左边20多米处有一条长长的壕沟，两个人正在下面挥着锹，赶紧招呼空气钟。我们走过去，这是一对夫妻，男的近50的样子，河南口音，稀疏的头发向后飘着，脸完全被煤灰覆盖了，看不清本色。女的约40出头，宁夏口音，用头巾很严实地裹着。看得出，女人年轻时肯定有几分姿色。这次我们并不急于拍照，而是先和他们聊。

男人是二矿的工人，女人是家属。他们不是挖煤，而是挖出房屋地基里的混凝土，然后砸碎，取出里面的钢筋。

我看见有个水泥墩，手痒痒，便抡起他们的铁锤使劲砸了起来，偌大的水泥墩只砸出了细细的两根钢筋，这么大的力，这么小的收获，觉得不划算。

看他们从20多米长的壕沟里砸出了那么点钢筋，便问划得来不，两口子说反正放假也是闲，挣几块算几块。

女人听说我以前当过老师，便使劲问哪个大学好，什么专业好找工作等等。原来她也有三个孩子，两个小的上初中，老大今年考到西安一所大学，学的是计算机。

孩子虽然上了学，但这显然使她更艰难。男人很宽厚地微笑着听妻子说话，包括对他的指责，偶尔也和自己的妻子开个玩笑，惹来一个白眼。女人虽然话多，但看她"老头子"时的眼光很温柔。

女人热切地询问时，男人从袋子里掏出几个黄色的苹果来让我们吃，说是矿上发的，不好，不要嫌弃。

我接过一个，虽然没洗干净，但还是几口吃掉了。临走时，夫妻俩热心地给我们指了路。

我边走边对空气钟说："还挺恩爱的。"空气钟不吭声地走着，忽然出声道：

"应该让他们的孩子来看看自己的父母是怎样供他们上学的！"

我回头时，夫妻俩已经又在壕沟里挖开了。

很快到了四矿，以前的那些建筑都没有了。四矿办公楼、学校、医院、选煤楼、住宅区都荡然无存，只有破烂但高大的影剧院突兀地站在空旷的山间，像个初到大城市的农村后生，手脚也没处搁的样子。四矿影剧院没被拆掉简直是个奇迹，也正是它才使我辨得出旧日四矿的格局。

我和空气钟四处走了走，逆光下成片的茅草白晃晃地在风中摇摆，偶存的断壁上还遗留有彩色马赛克的墙饰，寂静弥漫在群山的苍茫中，在这样的地方才会真正体会到"伤逝"这个词的分量。

七年前我还常骑自行车到这里消遣呢，没想到一切消失得如此迅速如此彻底。

傍晚时我们回到石炭井，街上的饭馆大都换了面孔。

我记得红光市场里有一家卖朝鲜面的，近十年了，不知还在否，想着就去了。空气钟一副无所谓的样子，好像带他去厕所也不会反对。

出乎意料的是，那家朝鲜面馆竟然还在。两旁的其他门脸都改弦更张了，只有它还是旧日模样，纤维板做的招牌似乎褪色了，手写的几个字已被灰尘蒙去了大半。屋里的三张餐桌还是十年前的样式，一张是方桌，另外两张是圆桌，还摆在老地方，桌面的漆剥落得厉害。

老板娘是个微胖的中年妇女，看着好像也面熟，但我不能肯定是不是以前的老板。不过面的做法和味道却一点都没变，面上盖着几大片薄牛肉，每人送一小碟泡菜，价格也没变，大碗2.5元，小碗2.3元。

我觉得有种走进传说中的时光隧道的感觉，空气钟浑然不觉，只是夸面的口感好，很滑溜，不停地追问老板娘是不是用米粉做的，老板娘说不是的。

晚上，我俩躺在床上总结，一致认为像我们今天这样乱跑，什么都拍不好，决定明天一定要说服一个背煤的民工，哪怕付他钱，跟他两天，和他同吃同住，等他不再注意你了，才能拍出好片子。根据我对石炭井的了解，我提出去乌兰矿，那里的小煤窑多，而且还有我熟悉的一个小包工头老杨，他这两年一直带人在那里背煤，找着他肯定有戏。

空气钟没意见，于是决定第二天去乌兰矿，和民工住到一处。

10月3日　晴有风

依然是天刚泛白时空气钟就喊我起床，真是个早公鸡！

先去给摩托加油，石炭井的加油站只有 90# 的汽油，没得选，只能加了。加油站对面山包下的煤层自燃多年了，一直冒着蓝白的烟，尤其雨天，堪称烟雨蒙蒙。空气钟很好奇，我却习以为常。

乌兰矿虽归石炭井管辖，但地理上已属内蒙古境内了，就在阿拉善左旗的呼鲁斯太镇。

因110国道改线，石炭井到呼鲁斯太的柏油路正大规模重修，我们只好走以前的土路，一路起伏颠簸，又布满砂石，很不好走。

进入乌兰矿扑面而来的是满眼的黑，仿佛这里的煤比全世界的都黑一样。

乌兰矿就一条长街，有很多民工都集中在市场周围，他们对圈里的人知道得很多，但是我们走了两个来回也没打问到老杨，有小煤窑的地方也没问到，头简直都要大了。

后来我们在一个饭馆里边吃饭边打电话联系，终于找到一条线索，肯定地说老杨住在"新建"。

"新建"是一大片平房居民区的名字，我们穿梭其间，问了近一个小时，未果。只好又打电话，总算问到了一个乌兰煤矿本地又愿意带路的人，但到午休的时间了，太打扰人不好，我们决定午休后再找他。

空气钟问我中午怎么过，我说去网吧，早上问路时我就发现有一家小小的网吧，网虫空气钟自然又惊又喜。

我们来到"星海网吧"，一间小屋子，共6台电脑，都很陈旧，面对面地摆着。只有一台空机子，被我抢了去，空气钟只好站着。

一个姑娘见状，把自己的机子让给了他，他便下棋，我则闲聊。

真是山中岁月长、网上时光短啊，很快就两点了。

我们找到了向导老李，10分钟就到了老杨家，但意外情况是，老杨已被大矿招用，不再领人背煤了。而且自从他到大矿后，那些寻找背煤活计的人也不再找他了，怪不得市场上问不到他呢。

据说乌兰煤矿管得严，禁止私人开采和背煤。老李则表示这事容易，说找几个人假装背煤，让我们拍。我说装的没意思，必须是真的才行。

老杨忽然说八号泉可能有，他的兄弟在八号泉水泥厂包装车间当领班，顺沙沟走，距乌兰矿才15公里。

我们于是决定去八号泉，老杨做向导。

往年干涸的沙沟路因今年雨水多竟变成了一条小河，有的地方水很深，摩托车下去水波竟翻卷到发动机处，滚烫的发动机上激起一团团水汽，我担心水进入排气管会把车憋灭，便加大油门往过冲。沙地很容易打滑，我捎着老杨就摔了一跤，所幸人车都无事，15公里的路走了一个多小时。

八号泉水泥厂是八号泉最大的一个单位，老远看，浓烟滚滚，仿佛整座山都烧着了一样。

老杨的弟弟从浓烟里走出来，听完我们的意图后，他说八号泉确实有背煤的，老板以前也是给别人背煤，后来有了销路，就当了老板，自背自销了。现在听说组织了几个人，天黑的时候开一辆车上去，背满一车煤，天亮前再开下来。

他们白天隐于大众间，打打麻将、扑克，人问起就说在水泥厂打工，做得很隐秘，根本不会同意外人去拍照，何况老板还和他有过节，他去说会适得其反。再说夜间行动，路很陡峭且远，不熟悉的人恐怕骑摩托上不去。

空气钟说夜晚太黑，去了也拍不出什么好片子。权衡之后，只好放弃。

和二杨告别，我们经大蹬沟、一矿回到石炭井时，已经是黄昏了，今天的计划彻底失败。

再次坐在朝鲜面馆里，我们都有些沮丧，讨论着明天的行程。

玻璃滩位于乌兰矿和石炭井三矿中间，以前也是小煤窑密集的地方，小煤窑被关停后，有很多人在那里背煤，三矿也有背煤的，我建议明天去看看，空气钟同意。

10月4日　晴

早上又买了牛舌饼、矿泉水和龙泉烟，我们就出发了。

一到野外，昨天的不良情绪马上不见了，我和空气钟都大声地唱歌。玻璃滩是沿大西山山脚延伸的，大西山是石炭井最有气势的山，因此不像四矿之类的地方那么零碎，显得很大气。

开阔的景色能开阔人的胸怀，果然不假。

七年前我所开的小煤窑就在玻璃滩，因此我有故地重游的兴奋。不过，今日的玻璃滩变美了，我熟悉的巨大的煤堆、烟雾、车辆、民工和机器的轰鸣声都没有了，一切归于平静，只有成群的呱呱鸡没命地疯跑、尖叫，远些的山峦呈现出安详的蓝色。

我离开玻璃滩时留下的近1000吨煤已经让人偷光了，没有回采的井口也已经坍塌变成了一个水堰，水面是深绿色的，里边茂盛地长着几丛芦苇。空气钟说："可以养鱼。"

相邻的几个煤井也像旧日的伤口，愈合得差不多了，山正在变回原来的样子。

玻璃滩以前有十来个小煤窑，我们顺着煤线一直往最里头走，所有的井口都是寂静的。细心的空气钟指着路说：

"这里有新的车印，还有新鲜的煤渣，肯定有人背煤。"

我们便顺车痕一直蜿蜒到一座山腰，看见几个黑洞洞的井口，旁边有装车的痕迹，但人影全无，莫非也是晚上才干活？

空气钟有些沮丧地说："看来拍不着了。"说着摸出牛舌饼来嚼，叹道："这家伙还挺好吃的。"

见他吃得香，我也掏出一块。

饭罢，我们向三矿进发。

石炭井三矿已经宣布破产，大批人员迁往红梁采区，以前爆满的单身楼现在已经关闭了，只有一部分工人留下回采，掩饰不住的萧条正日重一日。

我们上了一个大坡，突然看见前面一个很大的露天煤矿，煤层有十多米厚，几个

人正在那里用纤维袋往出背煤。空气钟惊叹地说："人家这才叫煤层厚呢，你那个井口还叫煤层？"

我一看就知道，这就是石炭井有名的三层煤，和四矿的八层煤、九层煤以及二矿的六层煤齐名，属于大矿的采区，私人如果乱采，必定造成破坏，影响大规模开采。

因此，这里当初刚用推土机挖开，就被勒令停止开采了。看见有人背煤，我们自然有些激动，停好车便冲了下去。

一个头发完全白了的老太太正背了一袋煤往上爬，空气钟忙替老太太接了过来，放到一辆二八式的自行车上，她老伴也过来帮忙，两人都喘着气。空气钟问：

"是不是攒煤卖？"

老头说："冬天压炉子的，烧不行，烟太大，得买干炭。"

说完推起车就走，老太太在后面推。一中年男子见我拿着照相机乱拍就厌烦地说："照啥照，挖煤的又不是啥好事，别照了！"

见他这么说，我们就回身走到路上去了。

对面的小山坡上，有一方用石块压着的红布，是开矿的人讲迷信留下来的，有祈求神灵保佑的意思。这里所有开小煤窑的都相信这个。

在三矿转了半天，再没见着私自采煤的，我们只好返回石炭井。

晚上吃饭时，总结了一下今天的活动。我说那个老太太形象挺好，头发白白的，汗水从鬓角往下淌，可惜没有拍到特写。空气钟说："听她喘成那个样子，我都不忍心去拍她。"

过了一会儿，空气钟又说："人的胸膛怎么能发出那样的声音来呢。"

听他这么一说，我们都埋头吃饭，不再言语。饭后返回睡觉。

10月5日　晴

今天是这几天以来最失败的一天，计划是去小煤窑主的乐园——菜园沟，结果走错了路，与烂泥、砂石和陡峭的山坡较了一天的劲。

我的导流罩摔裂了，后视镜也摔碎了，人困马乏，好不容易才找到回石炭井的路。除碰上几个捡发菜的老太太外，一个挖煤的也没见着。

晚上，赶回石炭井的全青设宴招待了我们，他看着几天没刮胡子、浑身又沾满煤黑的我说：

"还到处找啥老民工，你拎把锹不就是个背煤的嘛。"

空气钟看着我说："确实像。"

10月6日　晴

昨天的疲劳换来了一夜香甜的酣睡，早晨起来觉得劲头特别足。

我让全青帮忙找一个背煤的我们跟拍一下。他想了半天，突然说：

"有个人外号叫'将军'的，背了二十多年煤。"

我们一听，立刻来了精神，催他快走。全青也算半个"暴走族"，特爱去野外，二话没说骑上他的摩托车就走。

在"四百户"后面一排废弃的房子前，我们见到了"将军"，他很深地驼着背，穿一身绿色的假将军呢子衣服，趿着一双破拖鞋，蹲在那里晒太阳，两只鹅和一只鸡在他身旁转来转去。我们的到来使他很不安，他警惕地盘问了半天，并用四川话不停地威胁我们，大意是让我们小心，不要"伏（胡）来"，以前有逃犯来了，公安局如何如何……我听得不大懂。当我们提出去他的屋子里拍两张照片时，他断然拒绝。

空气钟到他的门口向屋内张望，"将军"立刻自己走进去，马上又出来了，扣上门扣，把一个手枪模样的东西揣到裤兜里，手里还留了一把折刀，哗地打开，嚓嚓有声地划动着，并开始语气很重地大声说四川话，剧烈地走动。

我只听清他多次提到"伏（胡）来"，明白他有强烈的不安全感，一种地道的弱者心态，一旦有人接近就本能地认为是想伤害他。

我们解释说没有恶意，只是来玩的……但怎么也解释不清，他谁的也不相信。

我们只好尽快离去，让他安静地留在自己的世界里。

全青后来讲了他的故事。

因为只穿军服，所以人送他外号"将军"。他曾有个老婆，还有个儿子，后来老婆被人勾引，带着儿子走了。"将军"的原名人们早就忘了，因为记着也没用。

"将军"一生都以背煤为生，把自己背成了驼子。儿子现在读高中，据说"将军"背煤挣了钱，就去送给儿子。他回老家，大部分路都靠走，不得已时才坐车。

时间还早，我们想拍拍石炭井的全景，全青就带我们去了二矿北边的一座小山。此山虽小，但有海拔高度，可以俯瞰全城。到达山顶时，看见一个小男孩独自坐在山顶的一块大石头上发呆。

在这座小山上，可以清楚地看见石炭井城区的布局：褐色的屋顶规矩地排列着，像一排排大仓房，阳光所及的地方都亮堂堂的。在这样的高度，很容易忽视人的活动，只有那些起伏的山峦呈现出的或浓或淡的蓝色使人敏感地回想起一些遥远的幸福，如同叶塞宁的诗句——"幸福是碧蓝的"。

我们此行虽然没有拍到满意的片子，但此刻为拍那些照片而积蓄在心间的焦灼全然散去了。

空气钟在山顶说："这个地方有'搞点'。"

我说："那就好好搞几张吧。"

下午4点，回到全青家，我和空气钟又去洗了个澡。

晚上另一个老同事请我们吃了火锅。

10月7日　晴

　　原计划经呼鲁斯太、宗别里、古拉本再到阿拉善左旗，然后回银川，这一路上全是小煤窑，也许可以拍几张，但因为修路，也可能和疲惫有关，我们没了放假前的心劲儿，所以放弃了计划，选择直接回银川。

　　快到大磴沟时，远远看到山边插着旗子，骑过去一看，是一个正在"掘进"的中型小煤窑，铺有铁轨，左右两个井口，用矿车出煤。

　　民工们都戴着矿工帽，黑乎乎地散在四周，好奇地看着我们。这才是我熟悉的那种小煤窑，也是我们最初想拍的东西。当我们拿出相机时，老板坚决地阻止了我们，并调来一辆推土机把路堵上了。我们只好悻悻地走了。

　　在公路上还碰到两个开"小三轮"沿公路两侧捡煤末的，这些煤末都是煤车颠落和被风吹落而积在路边的，我们顺手拍了几张。一个小伙子说一天能卖四五十元，另一个则说能卖一百多元，我觉着后者的话可信度高些。

　　一出了沟口，我们就加大油门，下午3点多就回到银川，国庆7天假就此结束。

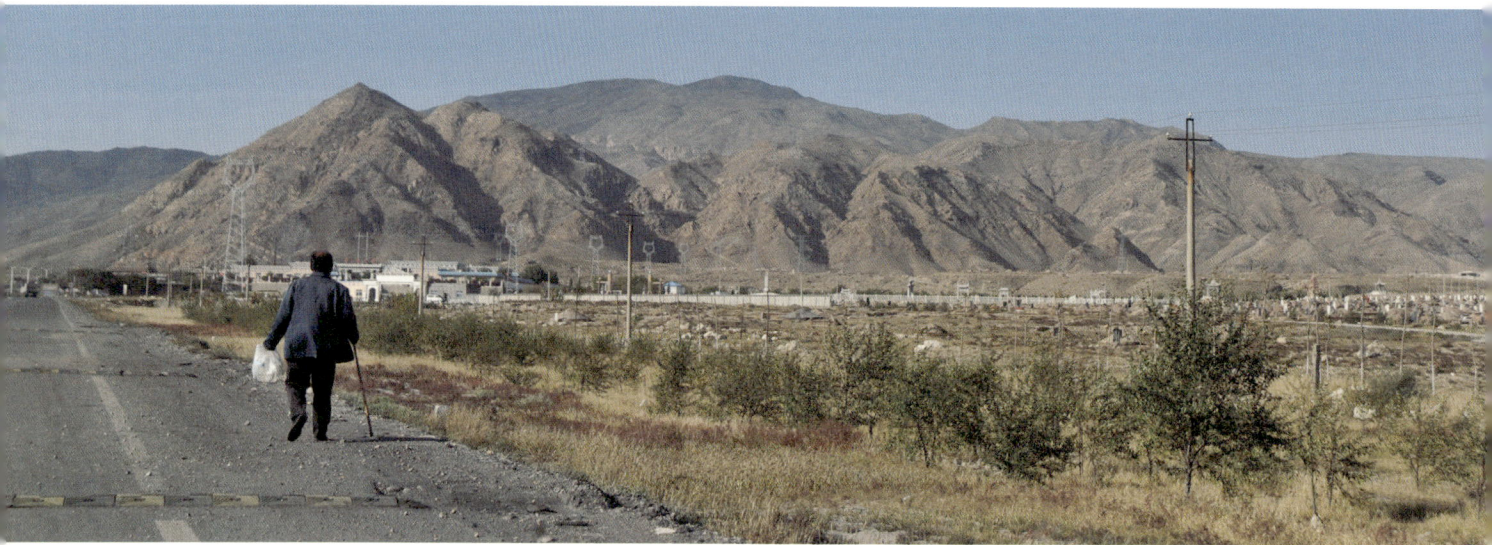

# 终将远去的背影

　　时针拨回到 1992 年，第一次出现在我眼中的石炭井，正繁花似锦、人潮涌动，行人和自行车穿梭其间，忙碌而有序，一派生机勃勃。

　　20 世纪 80 年代中期，石炭井的驻军撤离后，这座曾经意气风发的城市悄然减少了几分温度，但也并没有伤及元气。真正让石炭井伤筋动骨的，是房地产业的迅猛发展和矿务局机关的下迁。

　　20 世纪 80 年代后期，正是石炭井如日中天的时候，全国也开始实行住房商品化改革，房地产业迎来蓬勃发展的时期。改善职工居住条件，房屋商品化改革，都是石炭井矿务局无法回避的问题。

　　当时，随着人口的不断增加，石炭井改善住房的需求也在不断增加，石炭井和全国一样，除了单位统一分配的住房外，还有很多住宅都是自建房、土坯房，面临着升级改造和确立产权的问题。在全国市场经济和住房改革大力推进的背景下，矿务局开始谋划改善职工住房以及全局战略布局的问题。

　　石炭井矿务局是石炭井兴衰的晴雨表，矿务局庞大的职工队伍及其家属的体量、工业产值和对市场巨大的辐射带动能力，对石炭井有着举足轻重的影响。所以矿务局打个喷嚏，石炭井就会感冒。

　　20 世纪 80 年代初，矿务局就动手先在大武口建造了 12 幢 24 户老干部的住宅楼，还有老干部活动中心，以此为契机，像春雪消融一样，逐渐开始了大规模的住宅楼和总部机关办公楼的修建。

时间已经久远，很难说局机关下迁到大武口的动机在先，还是将职工住宅区修建到大武口的想法在前，总之，矿务局将机关下迁和住房改善问题一起摆到了桌面上，出台了一个一揽子推进的方案，即局机关下迁大武口，职工住宅修建也选址大武口，矿务局将两个诉求打包在一起，向上级机关提出申请的做法，显示出了很高的情商和运作能力。

当然，若口袋里没有几个余钱的话，是断不会生出这么大胆的念头的，当时的矿务局正是财大气粗的时候。

该方案上报到煤炭工业部和自治区党委（当时石炭井矿务局受煤炭工业部和自治区党委双重管理），不出意料，这一方案受到了煤炭工业部（后来改为中国统配煤矿总公司）和自治区党委双方不约而同且坚决的反对。石炭井是矿务局的主要产煤区，不但承担着重要的生产任务，还面临着安全问题，当时的安全设施不是万全的，事故隐患很难完全消除，加之干部职工的安全意识也参差不齐，三天两头发生事故，即使矿务局的领导天天蹲守在井口，上级机关都不放心，始终提着一口气，如今要当甩手掌柜，下迁到大武口遥控指挥，更是难以接受。另外，遥控指挥必然会加大行政成本，造成浪费，所以上级机关反对得相当坚决。

上级机关虽然对局机关的下迁坚决反对，但对于修建住宅区改善职工居住条件的请求，却没有直接否决，因为事关民生。矿务局先修建一部分住宅楼，解决老干部的住房问题，再一步步添加其他基础建设，把一些和民生相关的单位和部门搬迁到大武口。

首先是办公和住宅区规划的问题，需要全局统一思想、共同作出决策。

从当时的情况看，改善职工住宿条件，改造老旧房屋，确实没有非要把住宅区修建到大武口的理由和必要。但从长远看，包括考虑到交通运输、水电暖等基础设施的生活成本因素在内，大武口的地理优势明显优于石炭井，因此大多数人的意见都偏向大武口。于是，矿务局在职工住宅区的选址上，就由石炭井转向大武口。为此，矿务局还专门列举了一系列不宜在石炭井规划住宅区的原因，这也意味着，石炭井矿务局在长远规划上，已经选择放弃石炭井这个老基地了。

矿务局能作出这样的选择，要感谢早年积累下的家底。当年为生产自救、解决吃饭问题，矿务局经过努力协调，各矿在大武口周边地区都开办了农场，这些农场的管辖权都归矿务局所有，因此，矿务局才有在大武口农场的土地储备，这才让矿务局有了选择的空间，为职工住宅区和局机关本部的下迁提供了关键的要素。

大方向确定后，就是细节了。可供矿务局选择的地址有两个：

一是石炭井沟口农场，以局农业指挥部为中心，在一矿、二矿、三矿、医院农场这一片选一块地方，兴建办公和住宅区，自成体系，也方便管理。但这块地方有个缺点，处于风口附近，又离城市商业区、政府、医院、学校都较远，地方政府的公共资源难以利用，水、电、路要靠自己解决，生活、工作不方便，成本高，包袱重，不是理想之地。

二是包括四矿农场、工程处农场、白芨沟农场胜利村在内的区域，这一区域地势平坦，离市区、商业区、学校、医院等都近，比较方便。虽然当时还比较荒凉，但预判城市的发展，应该能连接为一体，是理想的下迁地址。

选址已定，矿务局首先做通了石嘴山市的工作，因为在自己的农场批地盖房子，工作相对好做，石嘴山市政府也是一路绿灯地配合着矿务局完成各种手续，顺利开工。

很快在大武口四矿农场为离退休的局级干部盖了一批住宅楼。

老干部率先从石炭井搬迁到大武口，享受着宽敞明亮的新住宅。但先行搬迁下来的老同志很快就觉得不适应，孤零零地矗立在荒滩上，离市区还有几里路，采购、活动都极为不方便。另外，没有了在石炭井时那种熟悉的烟火气息，也没有了人来人往，左邻右舍间互通有无的热闹，老干部们一时都不习惯，纷纷议论，一时意见很大，反映强烈。

据时任矿务局局长王福林回忆，1988 年，恰好出现了上级机关要将白芨沟、大峰矿划出石炭井矿务局的传闻。矿务局领导班子认为如果把矿务局机关搬迁到大武口，距离大峰矿近了，再将该矿划出去的可能性就大大降低。在两方面因素的影响下，矿务局加快了下迁的节奏，以确保原有格局不变。

继给老干部修建住宅楼后，矿务局又紧锣密鼓地开始了矿务局第三中学、矿务局七小的修建，用以接纳因即将下迁后带来的子女入学需求，并将范围扩大到除机关职工子弟以外的大武口洗煤厂、太西洗煤厂、总机修厂、综合加工厂、职大等单位的子弟入学需求。

其中三中建在了四矿农场地面，并且先期将矿务局教育处的教研室搬迁至局三中办公，随后教育处整体搬迁下来。

紧接着，矿务局又盖起了科技楼、招待所、供老干部就医的卫生所，并在老干部住宅的东面又加盖了五栋家属楼。

这些先期的动作为矿务局的下迁造足了声势，使得矿务局机关的整体下迁成了势在必行的态势。

1989年，中国统配煤矿总公司领导，在自治区重要领导的陪同下，到石炭井矿务局现场办公，解决白芨沟、大武口洗煤厂扩建，井下摩擦支柱更换单体液压支柱及职工住宅建设等问题。视察结束后，领导提出了看望老同志的要求，矿务局领导敏锐地意识到这是个好机会，于是请上级机关酌情考虑本部下迁等事宜，言辞极为恳切。

视察结束后，矿务局趁热打铁，立刻再次请示。几经波折，上级机关终于批准了石炭井矿务局机关本部下迁的请求。

有了上级部门的批复，矿务局迅速行动，于1990年将机关本部下迁大武口，也拉开了在大武口兴建职工住宅区的序幕。

命运的天平开始向大武口倾斜，石炭井城区开始显现颓势，一天天萧条起来。

石炭井矿务局的这一布局，使石炭井大量的社会资源和人口快速地转移到大武口，大武口区吃到石炭井矿务局人口和资源的红利，很快壮大起来，而石炭井，基础动摇，城市功能逐步消失，呈现出一片衰败之势，矿区"小上海"一去不复返了。

1999年9月28日，矿务局举行了首批房改发证仪式，有218户职工拿到了"房屋产权证"和"土地证"。标志着矿务局房改正式进入实施阶段。

2002年，自治区相关厅局到二矿就劳动就业及社会保障工作进行了专题调研。相关领导到嘉园小区、煤苑小区就职工住房的建筑面积、房价、采暖、物业管理费及经济适用房等情况进行了调研。

随着石炭井矿务局本部的下迁和住宅区的建设，各矿职工的住房都逐渐购买在大武口，一些矿工开启了上班期间住在石炭井，节假日都回到大武口新家的模式。大量家属离开石炭井，迁居大武口。同时，学龄期间的孩子也被大量带到大武口，石炭井的生源开始锐减，最终原来入学很困难的矿务局一、二中合并，各小学也开始合并，大量教职工随之流失。与此同时，商业、餐饮等服务行业迅速衰退，连银行、邮政这样的机构也开始缩编、撤离，每个人都在准备离开石炭井，规划着自己的去路，石炭井处于风雨飘摇之中。

经过这一系列变迁，石炭井就像一个没有妥善存放的苹果，水分快速流失，眼见着就皱巴了起来。

矿务局本部以及职工住宅区的下迁，不但减少了石炭井的人口，同时也引起了大众思想的波动，进而引发了石炭井人口外流的浪潮。这对一个城市来说，犹如釜底抽薪，极大地加快了石炭井城区空心化的速度。其直接后果，就是导致了石炭井区政府建制的撤销。石炭井区政府建制的撤销，基本就宣告了石炭井城市功能丧失的结局。

美丽的山城石炭井，就这样抽丝剥茧般地人去楼空，终于成为一枚弃子。

自20世纪50年代开始，弹指一挥间，一个甲子的时间一晃而过。就像一页纸翻过去了，同时也翻过了很多人的一生。

石炭井作为一座城市，经历了国家级的煤炭行业管理机关入驻的高光时刻，也承受了矿务局机关本部下迁的衰败之旅，虽然走向式微，但它见证了一个时代，完成了一个轮回。曾经波澜壮阔、激情燃烧的石炭井，终将面临回归自然的局面，进入转型重生的状态。

趋利避害是人的天性，石炭井的兴衰，也是趋利避害的结果。

2017年，宁夏开始大力整治贺兰山生态环境。汝箕沟、石炭井等矿区关闭了所有的露天煤矿，83处矿业权全部退出，煤炭集中加工区的561家"散乱污"企业也被关

停取缔。石炭井矿区也被列入国家重点保护单位，向文旅转型。一个新型的文旅影视小镇，正出现在大众的视野中。

假如，石炭井矿务局机关本部当初没有选择下迁大武口，假如职工住宅区当初全盖在了石炭井，那么，石炭井的今天，会是什么样子？石炭井的产业形态会不会转型，石炭井区政府会不会还在继续运作，商场餐厅会不会依然火爆，会留存着1992年的状态吗？

假如，只是对事情结局的另外一个想象，也是对过往的复盘与反思，大概在每个成年人的心中，都会藏着一本属于他自己的忏悔录吧。

但历史不能假设，石炭井已成往事，那个曾经充满温暖与热情的城市，已然隐匿于记忆的深处。

泰戈尔诗云："天空没有翅膀的痕迹，而我已经飞过。"

凝神冥想，也许在某个不知晓的时空里，会和石炭井再次相遇，那里依然有故人、青春，以及1992年的阳光。

当然，这是一种异想天开，作别之际，道一声："再见，石炭井。"

第三辑

# 鸿影雪痕

# 石炭井
## 旧日影像

左上：贺兰山北段石炭井境内地貌

左下：大武口至石炭井的公路上最具地标性的崖石

右上：沟口是从大武口进入石炭井的门户，一旦发生山洪或其他事故，便会堵车

右中："平汝铁路"清水沟段

右下：冬日的山峦、沙沟、公路

左上："石炭井人民欢迎您"的标语牌是进入石炭井城区的标志，至今仍保留在石炭井的南入口

左下：石炭井一矿街两旁的住宅楼

右上：石炭井一矿街西南侧的矿山自燃点，曾经伴随了石炭井人多年

右下：石炭井老加油站

左上、左下：石炭井一矿街街景
右：石炭井一矿街住宅区

左：石炭井一矿街住宅院门
右：矿工妻子的休闲午后

石炭井一矿街居民

左：裸露在外的输水管道及街景
右：石炭井一矿卫生所、小商店及街景

左上：退休老职工的闲暇时刻　　左下：日渐冷清的汽车修理铺　　右：石炭井一矿街空旷的街道

石炭井一矿南街果品日杂商店

周天准备返回大武口的中学生

左、右：石炭井矿务局二中桥头街景

187

左、右：石炭井新华南街街景

左、右：日渐空旷的石炭井新华南街街景

左：石炭井新华南街街景　　　右上：石炭井一矿单身食堂　　　右下：石炭井一矿单身楼

上：石炭井区政府大门口　　下：石炭井新华北街街景

上：石炭井新华书店、人民商场路口　　下：石炭井新华北街街景

左：石炭井新华北街街景及某拉面馆内景
右：石炭井新华北街的馒头店

左：石炭井长途汽车站及西山路街景
右：石炭井二矿工会办公楼及来来往往的人

长征综合商场

左：石炭井中心广场卖石头眼镜的小摊
右：石炭井二矿办公楼、红光市场及长征综合商场外景

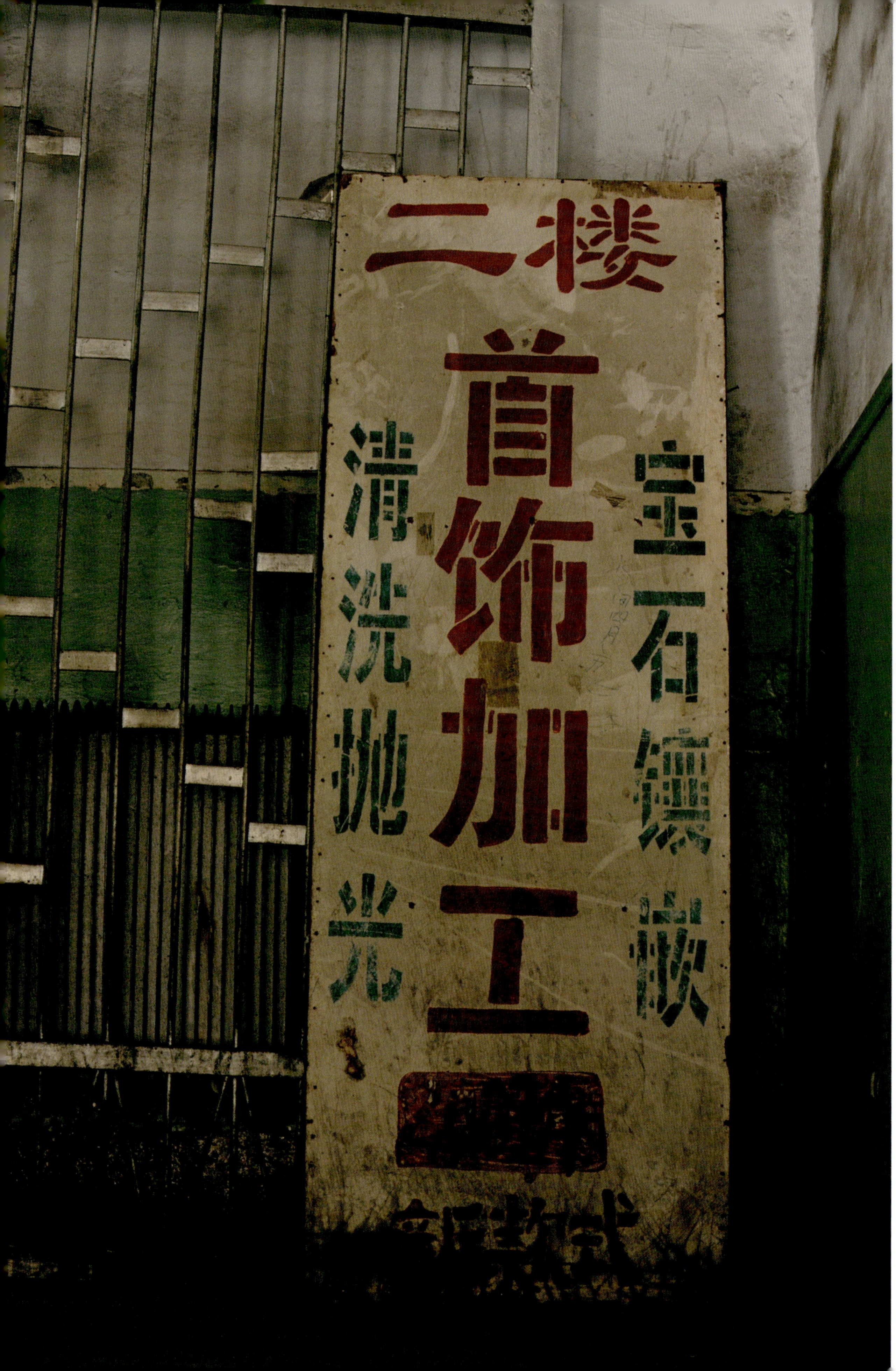


左、右：围绕石炭井长征综合商场形成的商业区

左、右：长征综合商场的员工在甩卖商品

左、右：以长征综合商场、红光市场为中心的商业区是石炭井最热闹的地段

石炭井红光街街心公园

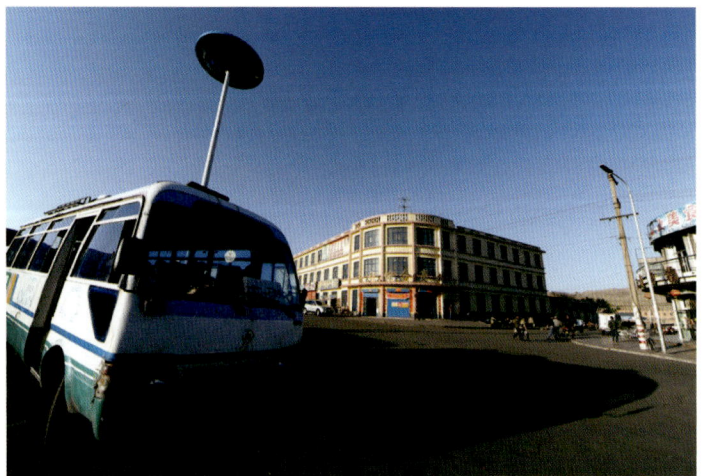

左、右：后来成为石炭井公交车始发点和长途汽车中转站的石炭井中心广场及中心广场街景

街头的小吃摊是小朋友的最爱

左、右：石炭井中心广场周围的小吃摊、修鞋摊、修自行车摊和街景

左、右：石炭井街头小景

上：长征桥　　左下：石炭井沙河沟上的铁桥　　右下：石炭井环城路

长征桥下捉蝌蚪的小孩

左、右：暮色中的石炭井街道

石炭井中心广场夜景

左：石炭井夜景　　右：最后的烧烤摊

石炭井中心广场

左、右：石炭井红光市场内外景

239

左、右：石炭井菜市场小景

左、右：石炭井小吃一条街

左、右：石炭井街心公园及红光街街景

左：石炭井红光街街景　　右上：棋牌室里打麻将、下象棋的退休职工　　右下：石炭井西山北街街景

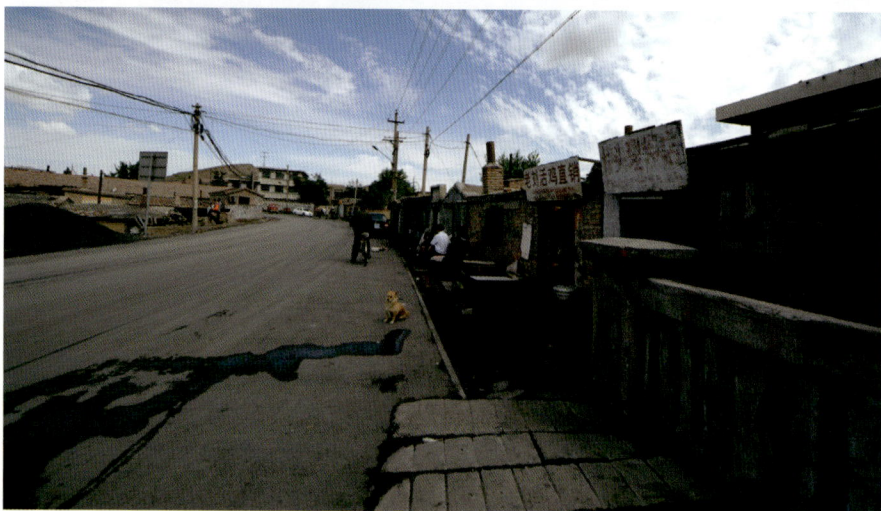

左：石炭井新建街街景　　右：石炭井矿务局一中"桥洞"

左、右：石炭井新建街街景

左、右：石炭井丰安南街街景

左、右：石炭井丰安南街街景

左：石炭井丰安北街街景　　右上：石炭井三矿汽车站旧址　　右下：石炭井自建村一角

左：石炭井丰安北街街景

右：石炭井三矿影剧院、俱乐部售票处及小店铺

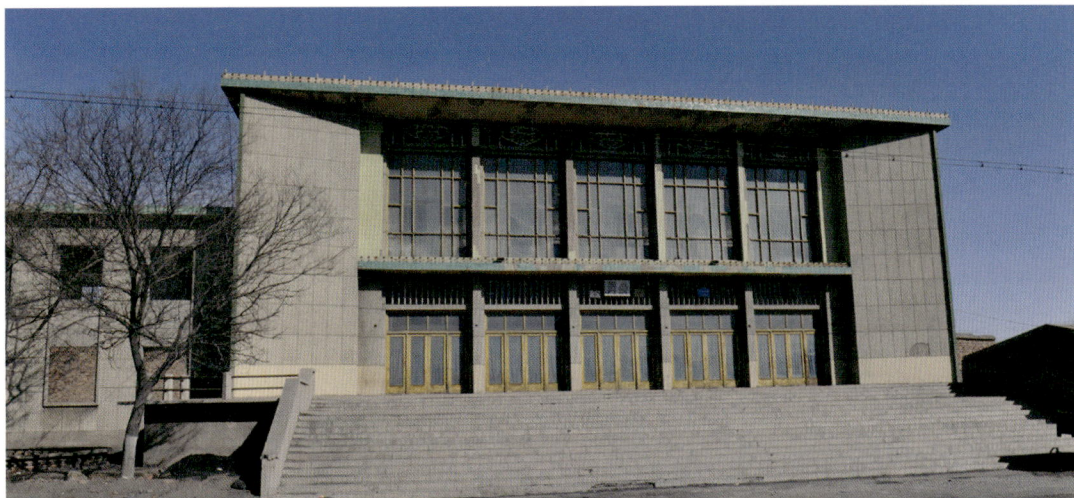

职工乐商店 俱乐部售票处

左：石炭井三矿单身楼及街景　　右：石炭井三矿单身食堂后来被分割为各种小店铺

上、下：石炭井矿务局一中外景及校园内景

左：石炭井矿务局一中教学楼内景及教室
右：石炭井矿务局一中单身宿舍、单身食堂以及遗弃的奖牌、桌椅

左：石炭井矿务局一中废弃前最后的值守人员

右上：石炭井矿务局一中连接教学楼和锅炉房的暖气管道

右下：石炭井矿务局一中门卫室、传达室

左、右：石炭井矿务局二中校园小景

左：遗落在煤堆中的雕塑　　右：石炭井矿务局二中校园小景

上、下：石炭井矿务局医院内外景

左：石炭井矿务局医院门口的道路和小饭馆

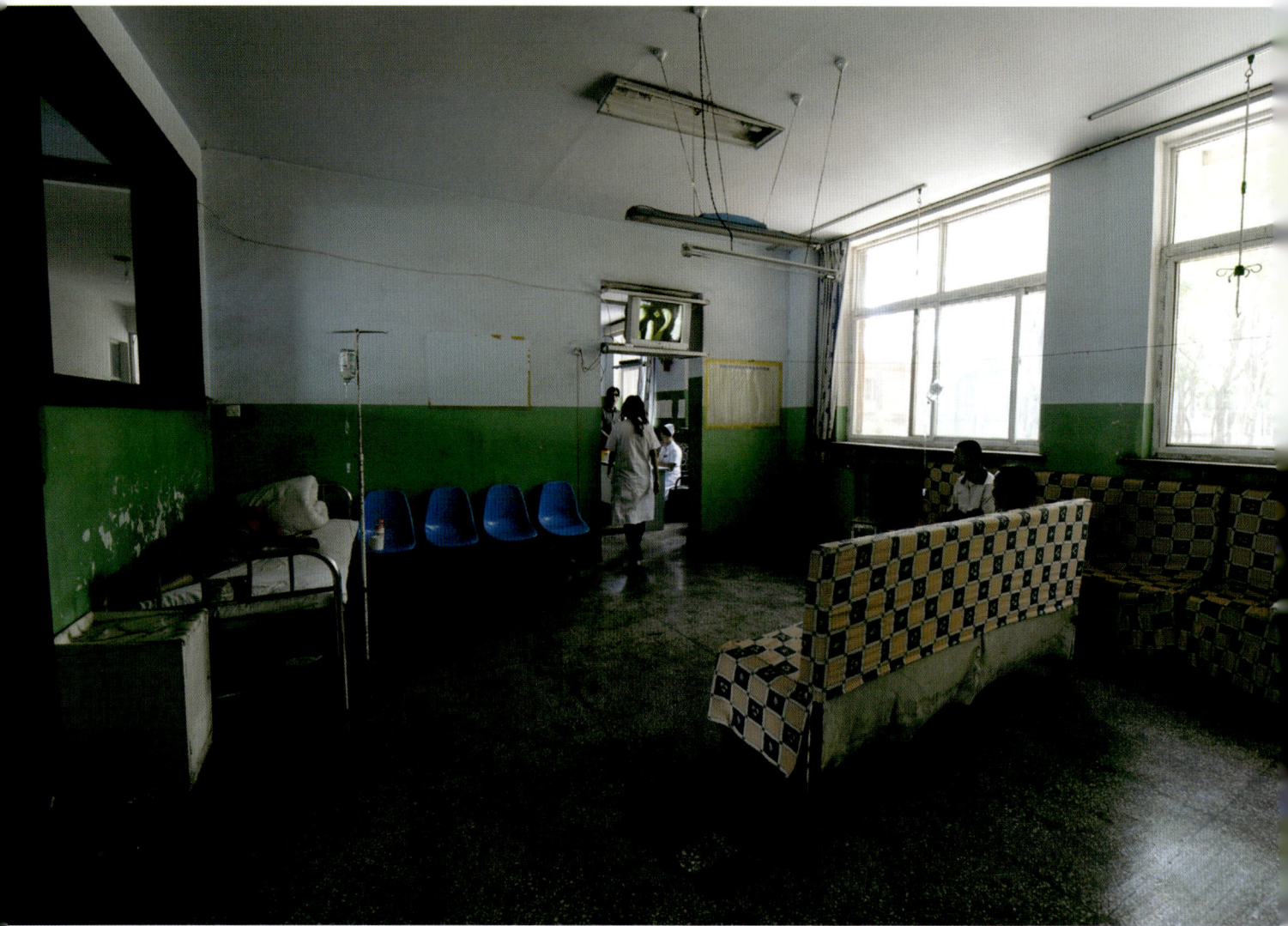

左、右：石炭井矿务局医院最后的值守人员

左、右：石炭井工人文化宫

2003 年石炭井鸟瞰图

左：石炭井中心巷住宅区
右：石炭井最常见的住宅：带火墙的三间套

左、右：石炭井水泉街、东山前街住宅区小景

左、右：石炭井"中南海"住宅区小景

上：石炭井"四百户"住宅区远景　　左下：石炭井沙河沟、电视塔及大北山　　右下：石炭井"四百户"住宅区小景

左：石炭井一矿街居委会　　右：石炭井一矿职工住宅区"漩涡"

左、右：石炭井一矿"漩涡"住宅区内外小景

左、右：阳光下的石炭井一矿"漩涡"住宅区

左：石炭井东环路　　右上：石炭井二矿职工住宅区"工人新村"　　右下：石炭井东环路边的西瓜摊

左：石炭井铁路队大院内外　　右：石炭井西山路街景

自行车、铁路和女青年

石炭井二矿退休职工

左、右：铁路将石炭井分为生产区和生活区，图为铁路设施及在铁路两旁生活的居民

笑容满面的石炭井矿工

石炭井一矿选煤楼

左、右：石炭井一矿内外景

左：石炭井矿区内的小轨道
右：方寸之间

宁夏松山工贸有限责任公司

左、右：石炭井一矿旧址及改制为宁夏松山工贸有限责任公司的外景

上：远眺石炭井二矿（2003 年）

左下：石炭井二矿选煤楼

右下：石炭井二矿改制为石炭井焦煤公司后的场景

左：石炭井二矿小景

右：难忘的岁月

石炭井三矿选煤楼

左上：进入石炭井三矿的道路

左下、右：石炭井三矿办公楼及石炭井三矿小景

左上：峥嵘岁月　　左下：石炭井三矿小公园　　右：石炭井三矿遗址小景

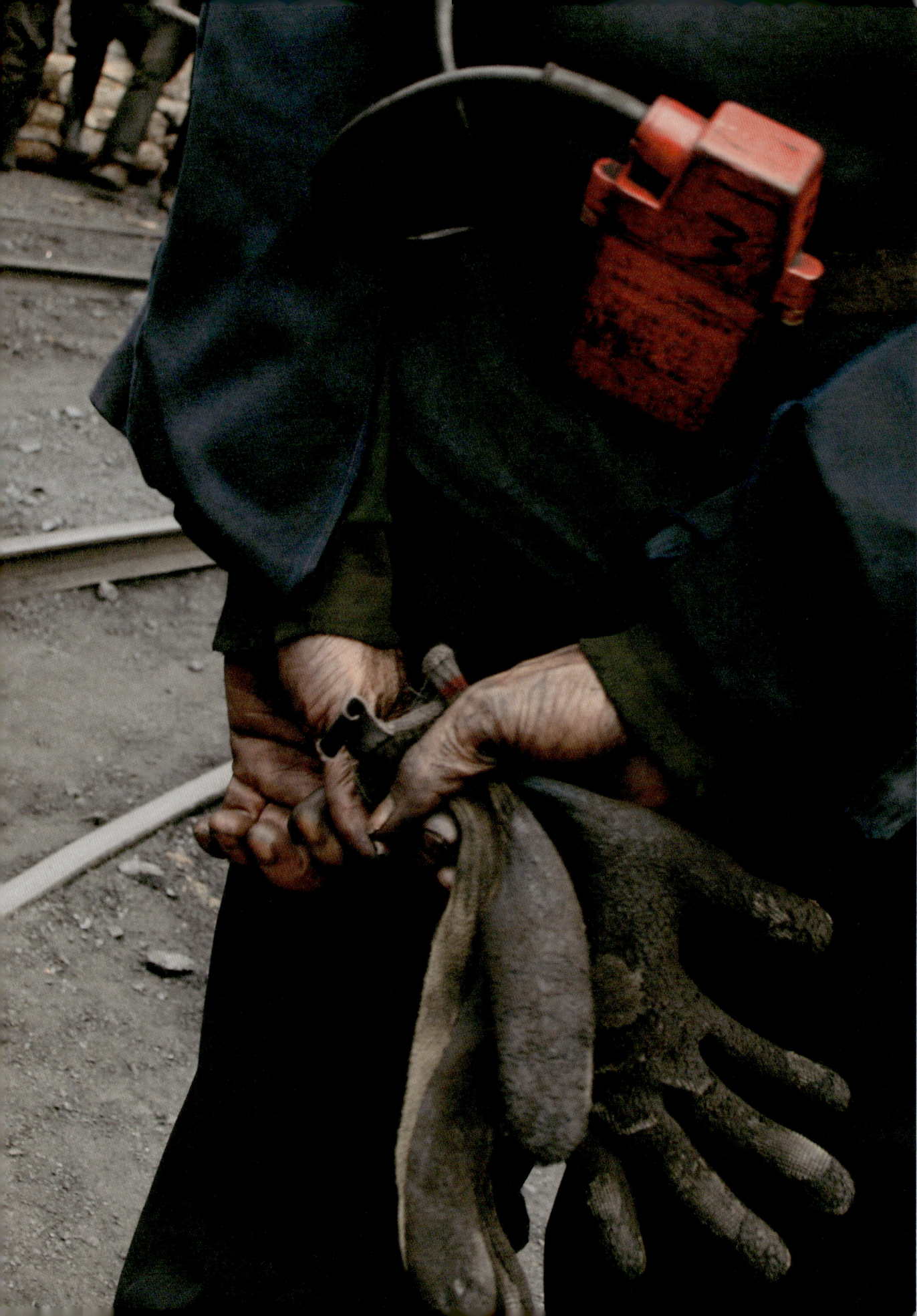

左：矿工的手套　　右：现已成为工业遗迹的石炭井三矿选煤楼

追忆父亲足迹的矿工子女

左、右：石炭井四矿遗址

大磕沟

左：石炭井矿工　　右：小煤窑民工

左：大磴沟露天小煤窑　　右：石炭井三矿露天小煤窑

左、右：清水沟、马莲滩、大磴沟、菜园沟等大小不等的小煤窑

左：露天小煤窑　　右：水泵看守者

左：石炭井二矿露天小煤窑　　右：小煤窑的民工及背煤的居民

左：昔日通往石炭井四矿的柏油路已被碾压成浮土路　　右上：李家沟煤层露头处的私采者　　右下：民工的住房

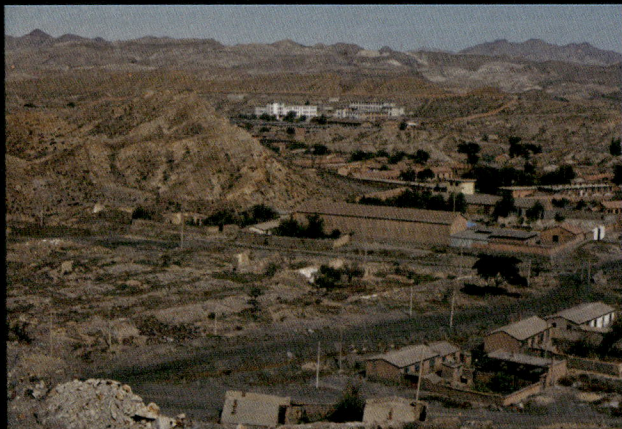

左、右：拆迁中的石炭井

左、右：拆迁中的石炭井沙沟路住宅区

左、右：最后的拆迁户

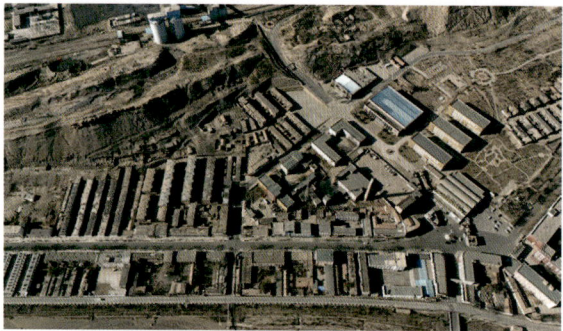

左、右：石炭井航拍图（2024 年）

石炭井长征桥航拍图（2024 年）

# 后记

　　多年前，一直说要写一本关于石炭井的书，朋友见面就问，你写的书呢？被问得多了，老脸就有点儿挂不住，但又像是揽了一个了不得的大活似的，有些莫名的慌乱。自此成了心事，便开始琢磨。查了很多资料，打了无数腹稿，用了近一年的时间，终于凑了10多万字，勉强成书，算是了却了一桩心事。

　　我很早就开始拍摄石炭井了，自2002年起，十几年间断断续续去过石炭井20多次，照片拍了很多，酒也喝了不少，虽然其过程就像马拉松比赛中的"欢乐跑"，但也积攒了数万幅照片，数量还算可观。本次选编的400余幅照片，基本都是首次"面世"，也称不上"摄影作品"，仅算得上是对石炭井的影像记录。

本书分为三辑，文章两辑，图片一辑。

第一辑"山止川行"用纪实手法记录了石炭井的历史沿革及其发展变化；第二辑"枝叶扶疏"用文学的手法回忆了一些零碎的往事，两辑是"树干"和"枝叶"的关系。第三辑"鸿影雪痕"是石炭井旧日影像。

书名很费了一番心思，先后起过《永远的石炭井》《石炭井往事》《最后的石炭井》《再别石炭井》《石炭井记忆》等多个名字，最后选定《再见石炭井》，有两层意思：一是告别；二是再现。

需要说明的是，文章因个人水平、时间等原因所限，很多构想的内容都没有写出来，希望有机会可以增补。然而拍摄的缺憾，已然无法弥补了，因为时光无法倒流。人世间最痛苦的事莫过于总以为一切都来得及，等真正去做时，已物是人非、踪影全无了。我没料到石炭井的变化之快，虽然其间进行过两次抢救性的补拍，但很多东西已经消失了。在整理图片时，又发现早年拍摄的胶片有一部分丢失了，部分硬盘、光盘储存的照片也有缺损的情况，再一次让我深切体验了一回懊恼的感觉。

另外，为保持全书图片的年代感，本不打算使用石炭井转型为文旅小镇后的照片，但因缺少全景图，又于2024年冬航拍了两次。

本书中所引用数据，均来自宁夏人民出版社2008年出版的《石炭井区志》和阳光出版社2020年出版的《神华宁夏煤业集团志·石炭井分卷（1958—2002）》，在此向两书的著作者致以崇高的敬意。

本书在编辑出版过程中得到很多领导、同事、朋友、编辑的鼓励和帮助，在此表示最真挚的感谢。

当时明月在，曾照彩云归。

谨以此书献给我在石炭井的过往和故人。